GOLDMANN

Buch

Spätsommer auf Helgoland. Ausgerechnet in der Nachsaison kommen Will Eppstein, Kommissar, und Max Golding, Detektiv, auf die Mutter aller Butterfahrtinseln, um den Mord an einem Polizisten aufzuklären. Gemeinsam wohnen sie in einem windigen Bungalow auf der Badedüne, mit dem erklärten Ziel, Licht in die Geheimnisse des kauzigen Eilands zu bringen. Eppstein lernt seine große Liebe kennen, Golding schlägt sich mit schlecht gelaunten Oberwachtmeistern herum, und beide stoßen schließlich auf ein Dickicht aus Lügen und Verstellungen, eine ganze Reihe von Geheimdiensten und einen Mordplan, der vom Wattenmeer bis hin ins ferne Asien reicht.

Peter Handke ist Österreicher, Günther Grass schreibt über den Osten, und von Heinrich Böll hat man auch schon länger nichts mehr gehört. Jetzt kommt *Helgoland oder Tausend Jahre ohne Hose:* der erste große Roman über Helgoland und die Deutschen. Inklusive eines 133 Verse langen Epos über die Insel, eines Rezepts für Eiergrog und eines Gastauftritts von Karl Lagerfeld.

Sie sind reif für die Insel. Sie brauchen dieses Buch.

Autor

Achim Szymanski, 36, war Redakteur bei *Titanic*, bevor er Mitte der Achtziger in die Werbebranche ging. Er war lange Jahre Ghostwriter von Thomas Gottschalk und kreierte eine ganze Reihe von preisgekrönten Werbeklassikern, insbesondere die »Frau Bratbecker« und die Goldbären im Lakritzbergwerk.

Achim Szymanski lebt seit fünfzig Jahren auf Helgoland.

ACHIM
SZYMANSKI

HELGOLAND
ODER
TAUSEND JAHRE OHNE HOSE

ROMAN

GOLDMANN VERLAG

Umwelthinweis:
Alle bedruckten Materialien dieses Taschenbuches
sind chlorfrei und umweltschonend.
Das Papier enthält Recycling-Anteile.

Der Goldmann Verlag
ist ein Unternehmen der Verlagsgruppe Bertelsmann

Originalausgabe 1/96

Umschlaggestaltung: Design Team München
Satz: Uhl + Massopust, Aalen
Druck: Elsnerdruck Berlin
Verlagsnummer: 43230
Lektorat: Sky Nonhoff
Herstellung: Sebastian Strohmaier
Made in Germany
ISBN 3-442-43230-8

1 3 5 7 9 10 8 6 4 2

Auf den Tucki-Inseln

»Goldgrüner Wald, mein Heimatland,
ich höre deine Lieder!«
Des König Ruprechts Adjudant
legt sich zum Sterben nieder.

In seiner Stirne steckt ein Speer,
Blut trieft aus seinen Ohren.
Da hebt die Hand er zum Gewehr
und winkt nach seinem Mohren.

»Nimm, schwarzer Bub, die Knallebüx
und halte sie in Ehren.
Sie soll wie dieses Kruzifix«
– er nestelte in der Tasche –
»den bösen Feind abwehren.

»Ich zieh nun fort ins Tucki-Land,
wo Dattelpalmen blüh'n.
Vielleicht werd ich dich dort am Strand
als Neger wiederseh'n.«

EIN TOTER IM REGEN

Es war ein Nachmittag, an dem die Menschen müde in das Wetter blickten, das mit weichen, grauen Wasserbürsten durch die Stadt strich. Die Tropfen prasselten auf Dächer und liefen über Äste, Rinnsteine gurgelten, die Bäume knarrten »Wachse, wachse Buche«, und ich saß im Sessel hinter meinem Schreibtisch, trank Kaffee und wartete darauf, daß die Tür aufging und das große Glück in mein Büro rollte.

Aber niemand kam mit einem Käselaib voll Glück. Der Spätsommer war eine schlechte Jahreszeit für Privatdetektive. Der Urlaub war vorbei; fast alle mußten sich mit Ehemännern herumschlagen, die Heimweh nach Ballermann in Mallorca oder Las Palmas hatten, und mit Ehefrauen, die aus lauter Südnachwehen im Solarium verschmorten, ein Verhältnis mit dem nächsten Griechen anfingen und davor bewahrt werden mußten, eines Tages zwischen Bifteki und kleinen Vorspeisetellern zu landen und den Rest ihres Lebens im Nachbau einer Athener Gyros-Kneipe zu verbringen.

Es war ein ruhiges Jahr gewesen, und nur wenige hatten an meine Tür geklopft. So tropfte nur der Regen heftiger, lief an der Scheibe herab und beleuchtete mit seinen Schlieren Will Eppsteins Gesicht, der am Fenster stand, eine Packung Drehtabak hervorzog und sich eine krumme Zigarette in den Mund schob

»Es liegt was in der Luft«, sagte er leise, »es ist nur ein

Gefühl, aber ich kenne es. Es ist das Kribbeln, das ich immer hab, wenn bald was schiefgeht.«

Ich schüttelte den Kopf. »Warum soll was schiefgehen? Du bist seit Jahren im Verein, hast deine Hundemarke, deine Knarre und verdienst gut. Kein Grund, Angst zu haben, Will.«

Er nahm einen Zug von der Zigarette, hustete und wedelte mit der Hand den Qualm weg. »Ich hab ein bißchen Ahnung von Astrologie. Es sieht übel aus. Jupiter steht im Siebten oder Achten Haus, glaub ich.«

Ich sagte nichts.

»Hast du viel zu tun?« brummte er nach einer Weile, nahm einen Stuhl und setzte sich mit sorgenvollem Gesicht. »Wir brauchen deine Hilfe, Max. Es gibt eine schlimme Nachricht. Ein Kollege, Klaus-Jürgen, ist tot. Irgendjemand hat ihn erstochen und ins Wasser geworfen.«

»Klingt doch wie ein ganz normaler Fall«, unterbrach ich ihn.

Es war einer jener Tage, an denen es schon um sechs dunkel war und man Will jedes Wort einzeln aus der Nase ziehen mußte.

Aber er schüttelte nur bitter den Kopf.

»Der Ort, wo es passiert ist, ist unüberschaubar. Da gehen Tausende ein und aus. Ich hab mit meinem Chef gesprochen, Hauptkommissar Rupa. Ich brauche jemand, der mir da oben im Meer unter die Arme greift. Jemand, der kein Bulle ist.«

»Fünfhundert am Tag«, sagte ich.

Will glotzte eine Weile schweigend vor sich hin. Dann nickte er.

»Wir brauchen zwei, drei Tage, um den Fall zu lösen.

Mann, vielleicht haben wir sogar schönes Wetter! Wär doch toll, wenn uns die Sonne lacht! Sieh dich bloß hier in der Stadt um!«

Er machte eine wegwerfende Handbewegung.

»Was willst du hier denn bloß? Hier regnet's doch nur den ganzen Tag.«

*

Am Abend traf ich ihn in Ernies Soulsalon, und zwei Stunden später befand sich Will hinter dem Steuer seines schweren Ford Granada auf dem langen Teerband zur Küste und fuhr an Raststätten vorbei, vor denen Lastwagen voller Gemüsesaft schliefen, und an immer dunkler werdenden Ausfahrten.

Dabei hatte er eine Art zu rasen, daß einem schlecht wurde. Er klebte wie ein Magnet am Nummernschild vor sich, bis an den Hemdkragen voll Kaffee gepumpt, starrte auf die Straße und hielt ab und zu an, um auf einem Parkplatz hastig eine seiner krümeligen Zigaretten zu wickeln und zu husten.

Es regnete sechs Stunden lang, und als wir schließlich durch die flache Landschaft kamen, die man das Wurster Land nennt, schob im Osten die Sonne ihren roten Bauch hoch. Wir parkten den Wagen in Cuxhaven an einer Seitenstraße und ließen uns in einer üblen, aber schon geöffneten Spelunke Frühstückseier braten; später standen wir auf einem Schiff und sahen der Fahne aus Dieselqualm nach, die es als dünnen Faden hinter sich her zog.

Die Niederschläge hatten aufgehört. Es war warm genug, um mit kurzen Ärmeln und Sonnenbrille herumzulaufen; jedenfalls taten das die meisten an Bord.

Ein paar graue Wölkchen hingen unter dem Blau des Himmels, doch sie wirkten unpassend wie Saucenflecken an der Decke eines Nobelrestaurants. Möwen tanzten Salto in einem Schein, der hell war wie das nimmermüde Fernlicht eines bayerischen Autofahrers, und das Meer war ein rauschender Pudding mit Sahnetupfen.

Man hatte uns einen der letzten schönen Sommertage geschenkt, und es mußte schon mit dem Teufel zugehen, wenn das ein gutes Zeichen war.

Aber ich hatte mich über Helgoland schlau gemacht und wußte genau, was auf uns zukam. Dachte ich zumindest.

*

Was die umtosten Inseln Neu-Englands, all die Labradors, Neufundlands, Poodles, Cockers und anderen Hundeinseln für die USA waren, war dieser kleine Fleck im Meer für Deutschland.

Curd Jürgens, der wandelnde Kleiderschrank, hatte sich hier vor Jahren, als die Autos noch Trittbretter und chromblitzende Zierleisten hatten, mit dem Liedchen »Kleine Möwe, flieg nach Helgoland« und einsamen, nur von den Kameras des NDR verfolgten Wanderungen auf der Insel verewigt. Ab und zu war später auch ein Komödienstadl oder gar die ZDF-Drehscheibe hier gewesen – aber seitdem war es eher selten geworden, daß sich Journalisten nach Helgoland verirrten.

Was nicht weiter verwunderlich war. Denn das Land bot wenig Attraktives. Es selbst war die Attraktion, wenn auch keine besondere, und bestand eigentlich aus zwei Inseln – einer felsigen, auf der Häuser, Läden und Pensionen standen, und einem kleineren, unangenehm windigen Eiland, das »Badedüne« hieß.

Die Felseninsel Helgoland ruhte auf einem Sockel, den man »Unterland« nannte; so wie ja auch die Hose, über die man nicht gern spricht, »Unterhose« heißt. Darüber, und zwar genau im rechten Winkel darüber, lag das »Oberland« mit seinem Ausblick, dem Ausblick und – ja, eben vor allem dem Ausblick.

Man sah von dort aus wunderbar die Badedüne sowie Steine, Felsen, Vögel und eine Brandung, die sich immer wieder klatschend gegen die betonierten Hafenmauern warf. Alles war hier herb und kühl wie Pilsener; und erst seit es Butterfahrten gab, war der Platz ein Dorado der Käse- und Schnapskäufer geworden, ein Paradies für Segler und Zigarettenbunkerer.

Denn die durch mehr als dreistündige Bootsfahrten über das langweiligste Meer der Welt mürbe gewordenen Touristen hatten Geld – und gaben es mit vollen Händen aus. Doch erst mußten sie noch das »Ausbooten« über sich ergehen lassen; ein archaisches Verfahren, bei dem unzählige Holzboote an die Dampfer herangefahren und die Touristinnen mit dicken Waden, rutschenden Brillen und Plastiktüten von beherzten Matrosen dort hineingehievt und zügig an Land getuckert wurden.

Dort schwärmten sie dann zu den Käseständen, Parfümbuden, Longdrinkhäusern, Seifenhallen, Zigarettenhütten, Riesenschokoladenreservaten, Bernsteinbrüchen, Postkartenklausen, Würstchenställen, Plüschtierfarmen, Schnapsleichenschauhäusern, Andenkenkiosken, Wacholderschinkenschuppen, Rumtöpfereien und Souvenirgrotten aus.

Ohne sie hätte hier die exotischste Arbeitslosengemeinde Europas Däumchen gedreht, die roten Nasen in den Wind gehalten und die von Haus aus dicken Bäuche über die Hafenmauern geschoben. Denn die kleine, vogelkundliche Forschungsstation auf Helgoland, das Kur-Krankenhaus, das auch schon bessere Tage voller Seekranker und Patienten mit Wehwehchen gesehen hatte, und die paar Radarstationen der Bundeswehr hätten bei weitem nicht ausgereicht, um das Leben auf dem heutigen Stand zu halten.

Dabei lebten die Helgoländer von heute nicht schlecht. Sie hätten ihren Reichtum, soweit vorhanden, sicher gern mehr zur Schau gestellt, doch ihre Sechziger-Jahre-Häuser standen unter striktem Denkmalschutz; an Anbauten oder Wintergärten war nicht zu denken, nicht mal an eine goldverzierte Haustürklinke. Im Winter, wenn schlimme Stürme übers Land fegten, reisten die meisten Insulaner darum stantepede in die Ferne, und zwar am liebsten auf andere Inseln.

Die Sommer waren auch nicht besser – vor allem, weil es zwischendurch immer wieder regnete. Das war nicht weiter schlimm, aber das Meer blieb stets 16 bis 18 Grad kalt, und der Wind trieb einem Sandkörner in die Augen und die Badehose. Man konnte sich dann nur noch einen Strandkorb mieten und mit Zeitungen zudecken, doch es half alles nichts; auch nicht das Starren auf die Seekarten, die die Umgebung der Insel als mehrere Meter tief und mit Wasser bedeckt auswiesen, die Wanderungen über die Düne, die Fahrten zur Hauptinsel und die dortigen Bierwanderungen.

Am Abend schälte man sich mühsam aus der fünften

Kneipe und schlich durch leere Straßen, vorbei an Läden, die alle dasselbe verkauften, um schließlich in irgendein gemietetes und eigentlich viel zu privates Pensions-Bett zu fallen.

Aber ich hatte schon schlimmere Flecken gesehen.

Langeoog zum Beispiel.

Da wurde einem schon vom bloßen Hindenken schlecht.

DAS FERNE LAND

Am Horizont zog ein Tanker vorüber, klein wie ein Streichholz. Eine aschblonde Touristin aus dem Sauerland preßte ein Taschentuch auf ihre Lippen und verschwand im Inneren des Bordrestaurants, in dem sich bereits andere Passagiere breitgemacht und Würstchen und Brote zerfleischt hatten.

Ich griff in mein Jackett und prüfte stumm die Kanone, die schwer und hart meine Brusttasche ausbeulte. Es war eine Smith & Wesson, Kaliber 1,4 mm. Ich hatte sie schon viel zu oft gebraucht.

Als die Ankerkette ins Wasser rasselte, stiegen wir in ein kleineres Boot und tuckerten mit Wills bis zum Bersten gefüllter Sporttasche zur Hafenmole hinüber. Es war eine seltsame Insel, die sich Klaus-Jürgen für die Ferien und sein frühes Ende ausgesucht hatte. Eigentlich war sie nur ein großer, roter Felsbrocken, der aus dem Wasser ragte; ein Steinbruch, auf dessen Gipfel Spielzeughäuser standen und die Giebel in den Wind hielten.

Wild rauscht das Meer. Die Brandung tobt.
Nur in den Dünen brennt noch Licht.
Es ist der Fischer Heiko Kloop,
der dort mit seinem Seehund spricht.

»Brav, Flossi, guter, alter Sack!
Bewachst mein Haus hier Tag um Tag.
Und hältst mit deinem Seehundsbart
hier Wacht, wenn ich auf großer Fahrt.

Weit draußen, irgendwo im Meer,
schwimmt einsam ein Tourist daher.
An seinen Armen kann man zehn
der schönsten, goldnen Uhren sehen.

Groß ist er, rund und schwer sein Bauch,
nach dem von unten Fische schnappen.
Aus seinen Taschen hängen auch
die allerschönsten Geldscheinlappen.

Wer den mal fängt, hat ausgesorgt!
Drum Flossi, tschüss; ich geh an Bord.
Ich habe mir ein Boot geborgt
und fahr noch heute mittag fort.«

Ich sah, was die Bewohner der Insel den Südstrand nannten, und einen verlassenen Spielplatz. Der Südstrand war eine kleine, mit hauchdünnen Spuren von Sand bedeckte Bucht unweit der Häuser; ein paar Wippen, auf denen keine Kinder schaukeln wollten, standen vereinsamt daneben.

An Land begrüßte uns die bronzene Büste eines Mannes, der mit wucherndem Vollbart stur auf den Ozean hinaussah. Ich hatte dieses Gesicht schon einmal gesehen; vor Jahren, in irgendeinem Buch.

»Der hat hier unser Lied geschrieben«, sagte ich leise. »Die Nationalhymne, Will.«

»Unsre Oma fährt im Hühnerstall Motorrad«, brummte Eppstein und fingerte ein Feuerzeug aus der Hemdtasche. »Kann mir nicht vorstellen, daß einem hier was anderes einfällt.«

*

Die Polizeiwache lag in einer kleinen, windgeschützten Straße zwischen den Häusern. Sie sah aus wie ein Gebäude, in dem Fischer Karten spielten oder einander Märchen erzählten. Ein beleuchtetes Schild wackelte im Wind und trug die Aufschrift »Polizei«, als ob man für die auch noch werben mußte.

Will ließ einen Knopf in der Wand verschwinden, ohne daß etwas geschah. Er klingelte noch einmal, bis die Tür in ihren Angeln knarrte und ein kahlköpfiger Mann erschien, der zweihundert Pfund wog und aussah, als sei ihm ein Mähdrescher übers Gesicht gefahren. Er hatte einen brutalen Zug um den Mund und hob eine schwielige, rosa Pfote.

»Hab schon gehört, daß ihr kommt. Ich bin Batschik, der Bulle hier, das gute Gewissen der Insel. Ich feg den Dreck zusammen, den die Touristen machen.«

»Viel zu tun?« fragte Will Eppstein trocken und trat ein; der Mann ließ sich schwer atmend in einen Sessel fallen und nickte.

»Klaus-Jürgens Tod, der nimmt mich voll in Anspruch. Viel hab ich nicht rausgefunden. Aber jetzt, wo ihr da seid, kann ich mich wieder um meine Ladendiebstähle kümmern.«

Die Amtsstube war klein und schmucklos. Von der Wand grüßten Terroristen, die aussahen, als hätten sie ihre Fahndungsbilder aus Schusseligkeit in einem Fotoautomaten liegen gelassen, und es roch nach Bohnerwachs und Schreibmaschinenöl.

Batschik nickte zu Will und dann zu mir hinüber: »Kollege?«

»Golding ist Privatdetektiv«, erklärte Will friedlich. »Ich brauche eine Liste aller Personen, die sich bei Klaus-Jürgens Tod hier aufgehalten haben.«

»Einen Dreck werdet ihr kriegen«, antwortete Batschik und wies auf eine Karte, die an der Wand hing. »Einen Dreck werdet ihr kriegen«, wiederholte er langsam. »Ich arbeite nie mit Privatschnüfflern. Hab schon genug Probleme mit Urlaubern. Jeden Tag kommen sechstausend Fremde hierher, lauter Arschgesichter und Tagestouristen, die bloß Stunden bleiben und die ich auch nicht kennenlernen will. Der Schnüffelmann gehört dazu.«

Will rollte sich in aller Ruhe eine Zigarette, leckte sie ab und steckte sie in seinen Mund. »Golding arbeitet mit«, sagte er leise.

»Aber ich nicht mit ihm. Ich hab meinen eigenen Kopf. Er soll mir vom Leib bleiben, sonst passiert es noch, daß ich unangenehm werde.«

»So ein zartes, bezauberndes Wesen wie Sie?« sagte Will. »Kann ich mir kaum vorstellen.«

AUFSTIEG INS UNBEKANNTE

Zum Oberland, etwa dreißig Meter über dem Meeresspiegel, fuhren wir mit einem Aufzug, der blechalt im Inneren des Felsens hochheulte. Will wunderte sich über die vielen Aufkleber, die sich im Fahrstuhl an der Wand festhielten und von Sendern wie Radio Schleswig-Holstein, Supermärkten aus Braunschweig, ein paar wohltätigen Organisationen und großen Vergnügungsparks stammten.

»Wird man nicht blöd im Kopf, wenn man den ganzen Tag Aufzug fährt?« fragte er den Liftboy, der die Fünfzig schon weit überschritten hatte, und wandte sich, ohne eine Antwort abzuwarten, an den neben ihm stehenden Batschik: »Klaus-Jürgen hatte Moppen. Gibt es Anzeichen, daß jemand Kohle rausgenommen hatte?«

Batschik rülpste.

»Kein Raubmord, nö. Die Leiche hatte Geld dabei.«

Auf dem Felsen blies uns ein heftiger Wind entgegen. Die Wege waren gemauert, und um die weiß vollgekleckerten Steine schwebten wilde, durcheinanderschreiende Vögel. Unter uns, in der Brandung, hoben die Wellen ihre Hände und klatschten sie rauschend aneinander, daß das Wasser platschte wie in einem randvollen Eimer.

Wir gingen an einem gemauerten Leuchtturm mit Antennenfrisur vorbei und kamen zum Nordrand der Insel. Will wich Hügeln von Kaninchenkötteln aus, kletterte vorsichtig über den Zaun und kam nach wenigen Schritten am Rand des Abgrunds an.

Es war eine schaurige Gegend. Der Sturm kämmte heulend das Gras, und sogar das Tageslicht wirkte grau und verschwommen. Die Häuser, die schutzlos im Wetter standen, waren weiter weg als sonst. Eine tiefe Grube gähnte uns an.

Es war der Krater, den hier vor Jahren eine Fünf-Tonnen-Bombe aus dem Gestein gesprengt hatte. Unsere Blicke stürzten in die Tiefe, fielen eine Sekunde lang die Wand hinunter und zerplatzten am Sockel der Steilküste, wo die See mit klaren Wasserzähnen nagte und immer wieder neue Brecher an den Strand warf.

Eppstein nahm einen Stein und warf ihn mit gebeugtem Arm in den Abgrund. Lautlos flog er in die Tiefe, schlug auf einem Felsvorsprung auf und fiel polternd weiter herab, bis er vor der Brandung liegen blieb.

»Geröll und Gebröckel. Erstaunlich, womit Menschen fertig werden«, sagte er. »Wie kommt man runter? Langsam und ungefährlich, meine ich?«

*

Eine halbe Stunde später gingen wir neben Batschik zu einem Eisentor, das den Fußweg am Felsen versperrte. Brummelnd steckte er eine Reihe von Schlüsseln in das Schloß, öffnete es quietschend und schlurfte vor uns den Weg entlang. Ein paar Meter entfernt donnerte das Meer mit Gischt und schweren Wellen. Batschik sah dem Schauspiel ungerührt zu und walzte mit seinen Gummistiefeln die Pfützen platt.

»Wo wohnt ihr eigentlich?« fragte er beiläufig.

»Auf der Düne«, antwortete Will. »Im Campingdorf auf der Nachbarinsel. Wir haben reserviert.«

»Selber schuld«, nickte Batschik, »da ist es wie im Knast. Da gibt's nichts als Dreckswetter, Sandmulden und Bungalows aus Preßspan. Sechs Meter lang, drei Meter breit; mit Einbaumöbeln, festgeschraubtem Tisch und Sitzecke drin, die man auch zum Schlafen benutzen kann, falls mal Besuch kommt, der zum Gehen zu blöde ist.«

»Ach.«

»Ja. Dazu kommt noch 'ne gammelige Küche, eine verrottete Abstellkammer und ein Schlafraum. Urgemütlich, und den Herd braucht ihr auch nicht anzustellen – Töpfe und Geschirr gibt's sowieso nicht.«

Eppstein hielt an und sah sich die Gegend an.

»Hat man uns nicht gesagt. Was jetzt?«

Batschik zuckte unbeteiligt mit den Schultern.

»Euer Problem. Auf der Düne ist ein Flughafen. Da kriegt ihr alles, Pullen, Weiber, Bier.« Er räusperte sich. »Hier haben wir Klaus-Jürgen gefunden.«

Der Ort, an dem Klaus-Jürgen gelegen hatte, war ein Stein, bröcklig und mit den weißen Hinternabdrücken der Lummen drauf, in einer Wasserlache, die sich kalt im Wind und Wetter kräuselte.

Er war schon seit zehn Stunden tot; seine Leiche war eiskalt gewesen.

Die Erde war rötlich, und kleine Wasserspritzer tanzten um unsere Schuhe. Während auf dem Festland, wo Menschen breite Autos fuhren und sich sonntags mit Zeitungen in die Liegestühle warfen, unter jedem Stein Insekten und Vielfüßler lebten, war hier alles auf klammer Nässe aufgebaut. Das Wasser streckte seine Finger aus und zog sie zurück. Eppstein rieb unschlüssig seine Nase.

»Hat sich keinen schönen Ort zum Sterben ausgesucht«, meinte er leise.

»Für uns ist das der schönste Ort der Welt«, antwortete Batschik beleidigt.

»Nein, ich meine die Ecke hier mit dem Schlick und Modder und den Seehundskötteln, oder was das sonst ist. Machen Seehunde eigentlich Haufen?«

HERBST

»Ne, die scheißen ins Meer«, sagte Will schließlich, als wir wieder in ein Holzboot kletterten, das uns mit knatterndem Diesel in die offenen Wellen hinaustrug. Es war gegen sechzehn Uhr, und die Hafenmole war voll von angetrunkenen, dickbäuchigen Touristen, die frisch gekaufte Käsekugeln, goldgelb wie mutierte Pampelmusen, in ihren Armen hielten.

Auch die Dünenfähre schwankte. Ein paar Polaranbeter standen während der Fahrt aufrecht im scharfen Wind, und je ein dicker Seemann saß mit angewachsenem Rettungsring an Bug und Heck und glotzte sie an.

Das Schiff, mit dem wir gekommen waren, blies zweihundert Wellenrippen entfernt in sein Horn. Wie Hundewelpen um die Zitzen ihrer Mutter lagen an seiner Bordwand Boote, aus denen nach und nach die Ausflügler herausgehievt wurden.

Wir fuhren auf die offene See hinaus, und eine Meereshand hob das Boot und ließ es sofort wieder herabgleiten.

Ein Wasserschwall traf Wills Gesicht; gleich darauf stellten wir uns in einem Wellental quer, doch schließlich hielten wir auf einen glitschigen Anleger zu, der wie eine Rutschbahn ins Wasser ragte.

Vom Hafen aus gingen wir ins Dünendorf. Batschik hatte recht gehabt. Das, was großspurig »Dünendorf« genannt wurde, bestand aus dreißig Holzwänden mit Fenstern und Türen, ohne fließend Wasser und auch ohne Klo. Zwischen den Wänden pfiff der Wind umher.

Ich wußte nicht, daß so wenig Zivilisation überhaupt erlaubt war. Auch Will stand wie vom Donner gerührt da und starrte die armseligen Baracken an.

Pitschnaß lief eine Schar halbnackter Urlauber an uns vorbei und sang ein Lied.

Er hörte zu, und ein Zucken lief über seine Stirn.

»Jeden Tag muß einer Spülen gehen«, murmelte Will. »Tut mir leid, daß ich dich da reingezogen habe.«

WIE NOMADEN LEBEN

Aber dann wurde es doch nur halb so schlimm, denn der Flughafen-Kiosk war geöffnet und voll Spirituosen. Zum Abendessen gab's dann, Eppstein hatte eingekauft, Brötchen mit Matjes und Käse; zum Glück hatte er für jeden Sixpacks und Whodsky-Gedankenkiller geholt, und so saßen wir am Abend auf den gepolsterten Sitzbänken im Inneren des Bungalows und sahen in seinem kleinem Taschenfernseher einen Showmaster aus dem Bildschirm herauswinken.

Nur mit einer Schiesser-Unterhose bekleidet, stand Eppstein später am Fenster und rauchte eine selbstgedrehte Krümelzigarette.

Draußen fielen Regentropfen wie Kieselsteine vom Himmel; es donnerte und plätscherte, und die wenigen Leute, die jetzt noch durch die Dünen liefen, hatten es entweder eilig oder große, gelbe Anoraks.

»Max, schnell!« rief Will plötzlich. »Kaninchen!«

In der Tat kauerte ein kleines, braunes Kaninchen vor dem Fenster und rupfte mit murmelgroßen Augen zutraulich ein paar Grashalme aus.

»Wir zwei werden noch richtige Camper«, sagte er schließlich. »Keine Chance, diesen Fall zu lösen. Wir wissen nicht, wer's war, und die Leute hier stammen von Piraten ab, die im dingenskirchlichen Jahrhundert das Wasser blutig gemacht haben. Aus denen ist nichts rauszuholen. Ich bin festangestellt, Max. Mach dir 'ne schöne Zeit. Wann hat man sonst schon Gelegenheit, dem Staat auf der Tasche zu liegen?«

»Ich bin nicht hier, um nichts zu tun«, antwortete ich trocken. »Morgen seh ich mir die Umgebung an.«

Am nächsten Morgen packte ich das Geschirr in ein Handtuch und ging durch den morgenkühlen Sand zu den Spülbecken; als ich ankam, war ein alter Mann gerade dabei, einen Fisch zu enthäuten. Ich begann, die Teller zu spülen, und spürte den Sand zwischen den Zehen. Langsam begriff ich, was Will gemeint hatte. Es war eine Lust zu leben, wenn die Taschen voll Geld und der Alltag fern waren.

Als ich gegen acht zurückkam, hatte Eppstein aufgehört zu schnarchen.

Eine düstere Stimmung beherrschte den Raum; soweit das bei einem Zimmer möglich war, das an eine dänische Umkleidekabine erinnerte. Ich ging einen Schritt weit hinein. Plötzlich stöhnte vor mir ein fremdes Lebewesen auf.

Meine Hand ballte sich zur Faust. Doch mit einem Mal begriff ich, daß das Tier Will Eppstein war; oder vielmehr das, was von ihm übrig war.

Will hatte in seiner alten Bundeswehr-Überlebensrolle besonders schlecht genächtigt. Aus der Öffnung des Schlafsacks starrte er mich mit blutunterlaufenen Augen an. Seine Nase schnaufte anklagend, und eine Hand tastete sich auf fünf Fingern heraus. Der Raum roch nach Socken, also machte ich das Wasser heiß, bis es kochte, und goß in den verbeulten Blechtassen eine Art Kaffee aus braunem, körnigen Pulver auf.

Will führte ihn schweigend zum Mund und schnitt mühsam ein Stück Butter ab, um es auf einem Schwarzbrot zu zerdrücken und innezuhalten.

»Ham wir nur Camembert?« fragte er.

Es klang wie »Gibt's nichts anderes auf der Welt?«

»Marmelade. Soll ich Schnittchen machen?«

»Kann ich selbst. Nutella?«

»Keins da.«

»Scheiße!«

Das Brot wurde vom gierigen Arm des Kommissars in das Maul des Schlafsacks gezogen. Eine Zeitlang hörte man ihn in seinem grünen Bett-Ersatz kauen, würgen, schlucken und husten. Dann schälte sich Will nach und nach aus der Überlebensfolie und starrte mich unrasiert an.

»Morgen, Max.«

»Morgen.«

»Wie spät ist es?«

»Tag.«

»Mist! Verschlafen! Passiert mir sonst nie.«

Zwei Stunden später hatte er sich mit einem Sixpack Bier steif im Sand ausgestreckt und las in einer Fernsehzeitschrift. Der Strandkorb, den er gemietet hatte, war von innen ganz mit Fisch- und Muschelmotiven aus PVC-Folie überklebt. Als er es sich gerade bequem gemacht hatte, schlurfte ein Mann vorbei und kassierte das Schutzgeld.

Zunächst hatte Will den Strandkorb zu den Wellen hin aufgestellt, um vom Lesen aufzublicken und den Wogen beim Wogen zuzuschauen; bald aber hatte er ihn mit dem Rücken zum Ozean gedreht, damit der Wind ihn nicht mit Sandkörnern anblies.

Er nahm sich vor, das Leben zu genießen, ob es wollte oder nicht.

Neben ihm knatterte die Fahne der Rettungsschwimmer, ein Seeadler auf weißem Grund, und vom Ufer aus drang das Klirren der Kiesel in der Brandung herüber. Nach einigen Minuten kamen ein paar Damen, stellten sich auf und begannen zu lautstarker Musik mit gymnastischen Verrenkungen. Sie bewegten kreisend die Arme und wackelten mit den Hüften, als wollten sie Will verhöhnen, der mit nacktem, über die Hose hängendem Bauch dort saß und ihnen zuschaute.

In der Nachsaison würde die tägliche Gymnastik ausfallen, aber das wußte er zu diesem Zeitpunkt noch nicht.

DER ERSTE TAG

Auf der Insel gab es nichts, das nicht schnell beschrieben wäre.

Keines der Gebäude war mehr als vierzig Jahre alt. Sie standen am Hafen und oben auf dem Fels; sie wurden von schroffen Frauen in Putzkitteln bewohnt, die dort Pensionen betrieben und ihren Gästen morgens abgepackte Butter und Folienwurst servierten. Dazwischen wuchsen nur kleine, perverse Sträucher und Bäume, die seit Jahren vor sich hin muckerten; der Wind pfiff an den Betonkästen voller Blumen entlang und an Läden, die allesamt wie Drogeriemärkte aussahen.

Nachts miauten hier Katzen im Regen, und wer nach zehn unterwegs war, konnte nicht mehr nüchtern sein.

Es gab hier keine Romantik, die einem leichtfüßig serviert wurde; um alles mußte man kämpfen.

Doch die Architektur hielt Wind, Wellen und fremden Leuten stand. Alles stand unter Denkmalschutz. Die Häuser, die andernorts grausig gewirkt hätten, wie die Erinnerung an Kindheitstage in den frühen sechziger Jahren, waren hier harmlos, klein und eng, und eins sah aus wie das andere. Sie hatten leicht angeschrägte Dächer und zur See hin ein paar käufliche Balkons herausgehängt, die durch Sichtblenden voneinander getrennt waren.

Die Badedüne mit den Bungalows lag flach im Meer, war aber höher als die Wellen, die von allen Seiten daran schlugen; meistens jedenfalls. Ich hatte Bilder von Sturmfluten gesehen, von Unwettern, bei denen selbst das Bungalowdorf bis zu den Knien unter Wasser stand und auch das nahegelegene Restaurant im Sand landunter gemeldet hatte.

Das waren die Dinge, die ich vom Oberland aus sah, als ich den Kopf in die letzte Sonne des Septembers hielt. Ein Ehepaar vom Festland schlenderte krummbeinig vorbei; der Mann sah wie betrunken aus, die Frau, als ob sie darauf stolz wäre.

Dabei mußte es hier im Hochsommer schön sein. Dann saßen Menschen vor den Restaurants, nippten an Eisbechern und warfen den Blick über den Fußgängerweg, dann auf die Badedüne und weit in die See hinaus, während im Hafen die Schiffe lagen.

Es mußte schön sein, und sogar bei schlechtem Wetter atmete hier alles etwas von warmer Sonnenluft, spielenden Kindern und lustigen Fahrten.

Ich wußte, wie so eine Seefahrt ablief. Wie der Vater, in der Stube über den Prospekt gebeugt, erst seine Frau informierte, sich dann noch mal die Reiseroute besah und schließlich den Rangen im Kinderzimmer eröffnete, daß es am nächsten Sonntag raus in die salzige Suppe ging, an die frische Luft, wo das Erlebnis wartete.

Schnell ging es dann mit flinker Hand
ins volle Reisetaschenland.
Dann schmierte Mutter rasch mit links
vierzehn Brote voller Dings,
voll Ei und Marmelade.
Doch ohne Schinken. Schade.

»Der wird uns auf der Reise schlecht.
Das wär nicht gut, das wär nicht recht.«

Und brummend, knatternd,
kauend, rasend
ging's dann zum fernen Hafen,
wo schwere Schiffe lagen.

Während sie dann, ungelogen,
kräftig an der Laune zogen,
griff der Chef zum ersten Bier,
trank das Zeug, soff wie ein Tier.

Die Insel selbst: Die Stimmung bunt.
Die Kinder kriegten Überraschungseier.
»Haut rein! 's ist zollfrei! Und
heute ist uns nichts zu teuer!«

Der Mann: Schon blau.
Die Frau: Sie staunt.
Kauft Seife, Düfte, Käse ein.
Und für den Mann,
auf seinen Wunsch,
auch eine Literflasche Punsch.

Heim geht es bald, die Fähre schwankt,
in der Kombüse brennt noch Licht.
Die Kinder schlafen schon. Wer nicht?
Die Frau. Sie denkt noch nach.

Mit schwerem, müdem Kopfe dann
zurück über die Autobahn.
Was für ein Tag! Was für ein Mann,
der nicht mal Bier vertragen kann!

Die Literflasche fest umschlungen
liegt Vater ruhig in tiefem Traum.
Die Zeit verrinnt. Er merkt es kaum.
Er ist entsetzlich anzuschau'n.

Ich aß in einem Schnellimbiß einen Hamburger, der nach Trauer schmeckte wie jeder Hamburger, den man allein ißt; also mampfte ich das warme Gebäck in mich hinein, fühlte die Würzcreme im Mund aufquellen, strohhalmte eine Cola dazu und tunkte gerade die Pommes Frites in eine rote Ketchuppfütze, als mir jemand auf die Schulter tippte.

Batschik stand da und starrte mich an.

»Schmeckt, was?« sagte der Bulle düster. Er grunzte verächtlich, nahm eine Fritte und steckte sie in seinen Mund. Und viel mehr hatten wir uns nicht zu sagen.

Bald darauf traf ich Will auf der Badedüne; auch er war schlechtgelaunt, denn am Nacktbadestrand hatte ihn eine Welle auf die Kiesel geschmissen, und jetzt hatte er Striemen am Arsch.

Wir wanderten ein bißchen herum, und am Abend öffnete er seine Reisetasche, nahm ein kleines, eingerahmtes Heiligenbild heraus, legte es auf die Eckbank im Bungalow und kniete davor nieder.

»Der Tag war hart. Die Nacht wird weich.
Wir sitzen hier und essen gleich.
Ein Wort zuvor, mein lieber Gott:
Hier sind Kartoffeln in dem Pott.

Die sind schon alt, die stinken schon;
ach bitte: Kost doch mal davon.
Nimmst unser Opfer du nicht an,
dann beten wir den Satan an.

Jawohl, den schlimmen, schwarzen Mann!«

Später aßen wir kalte Heringsstips; Will konnte nicht kochen und hatte, seit ihn seine Frau verlassen hatte, auch keine große Lust dazu.

»Morgen gehen wir essen«, versprach er schließlich.

AM RANDE DES ENDES DER WELT

Am nächsten Tag, als wir mit einem schwankenden Holzkahn von der Badedüne zur Insel übergesetzt hatten, gesteuert von dicken, roten Fischernasen, stellte Will erneut fest, wie wenig zu tun war.

Keiner der Touristen, die uns entgegenkamen, war auffällig. Rentnerinnen, denen die Einkaufstaschen am Arm festgewachsen waren, schlenderten vorüber. Männer mit gewaltigen Bäuchen gingen Arm in Arm mit Frauen mit scharfkantigen Frisuren spazieren und beobachteten Segler, die geschäftig Bierkästen in ihren Booten verstauten; sie sahen alle aus wie eine Mischung aus Rudolf Augstein und Henri Nannen.

Ihre Weibchen trugen randlose Brillen und makellos gepflegte Zähne, und am Rand standen die Eingeborenen, bedienten Registrierkassen, schritten lockend vor ihren Geschäften auf und ab oder gaben als schmunzelnde alte Männer Anekdoten zum Besten.

Später sagte Will, daß ihm der Fall aussichtslos erschien; darum nahm er meinen Vorschlag an, mit mir aufs Oberland zu steigen und die Küste zu umrunden – zu Fuß, es gab ja keine Autos, wenn man vom Krankenwagen absah. So liefen wir vorbei an Schrebergärten, in denen die Freizeit-Bäuerchen dem Boden Kartoffeln entzogen und in Lauben Parties feierten; doch auch hier, im wilden Wind, war es alles andere als gemütlich.

Nach zwanzig Minuten waren wir am nördlichen Ende der Insel angelangt.

»Die Lange Anna!« sagte Will zufrieden. »Schau mal, völlig verrottet und verroht steht hier der einsame Stein, an dem die Hochseebrecher nagen. Nichts, was die Natur baut, hält; wie soll ich da an einen Gott, an einen Schöpfer glauben? Allzu garstig ist mir doch sein Werk, allzu vergänglich jener Windhauch, den wir Leben nennen; der Stein zerfällt, und alles, was uns ausmacht, ist doch, wenn wir ehrlich sind, ein Wellenschlag, ein Trugbild nur aus Schaum in diesem ewigen Ozean der Dinge, Elemente, Komponenten.«

»Wie auch immer«, sagte er nach einer Weile, als ich wieder nicht geantwortet hatte. »Ich hab versprochen, daß wir essen gehen. Dann laß uns mal los.«

Wir gingen vorbei am Lummenfelsen, der tief herabstürzte und in dem viele Nester hingen, auf denen je ein weißer Vogel saß und brütete und seine Eier anschrie. Wieder blies der Wind so stark, daß wir das Drahtgeländer, das den Weg zum Meer abgrenzte, festhalten mußten.

Zur Linken fiel mein Blick auf eine Wiese, auf der zottige Schafe standen, zur Rechten in die Tiefe.

»Trutz, Blanker Hans!« rief Will.

WALDEMAR JASTREMSKI

Die Althelgoländer Mokkastube lag ein Stück abseits des Wegs in einer Gasse, in der es immer regnete. Sie wirkte verschlossen, doch hinter der schweren Holztür, an der Plakate vom Männer-Chor der Insel klebten, ging Will mit hängenden Schultern durch den Raum und nahm am Fenster Platz. Dort auf dem Tisch standen Aschenbecher, und eine Speisekarte grüßte schweinsledern, als ob es grüne Ferkel mit Bitburger-Prägung gegeben hätte.

Will nahm eine Speisekarte und blätterte ein wenig, ließ sich das Wasser im Mund zusammenlaufen und sah mich mißtrauisch an.

»Hast du was?« knurrte er schließlich. »Ich weiß, was ich nehm.«

Aus der Ferne erhob sich ein Kellner und schlurfte näher.

»Der kommt aus dem Osten, die sind billig und brav!« flüsterte Will; und dann hörten wir auch schon ein »Tach, ham Se schon jewählt, wa?«

»Was ist Knieper?« fragte ich.

»Scheren vom Taschenkrebs, die kriecht man nur hier mit Remouladensauce. Ick zeich Ihnen, wie man die ißt.«

»Ich will ein Bier«, brummte Will verächtlich, »zum Essen Labskaus. Trinken, Max?«

»Eiergrog.«

»Der fünfte ist umsonst, wa?« nickte der Kellner. »Proust, die Herren!«

Der Eiergrog kam, und ich trank eine Art mit Rum versetztem Eierlikör; ein Glas mit einer heißen, gelben Flüssigkeit, die die Konsistenz von Kakao und die Farbe von Bananen hatte. Der Grog war nach einem Geheimrezept gekocht worden; eine Schaumkrone darüber schob ihre Kanten drei Zentimeter über den Rand und wirkte wie mit dem Lineal abgeschnitten.

Will hob sein funkelndes Bier und schaute in die Runde.

»Auf das Wohl der kleinen Helgomäuschen, und daß dies Eiland niemals untergeht!«

Bald dampfte das Essen vor uns. Ich nahm eine Taschenkrebsschere und fing an, mit einem Greifer darin herumzustochern und das zarte, weiße Fleisch herauszuziehen. Es schmeckte maritim, nach Fischern, Sturm und Feinkostladen, auch wenn ein Testesser vom Feinschmecker gnadenlos über die Sauce aus dem Großmarkt hergezogen wäre.

Aber ich war nicht hierher gekommen, um vom Mosern zu leben.

»Schmeckt's?« klagte Will, der sein Spiegelei lustlos im Labskaus hin und her schob.

»Probier selbst.«

Er nahm den Teller und begann sogleich in rascher Folge Krebsfleisch, Remouladensauce und Bier in sich hineinzuschaufeln. Ich hatte gehört, daß er eine schwere Ehe hinter sich gebracht hatte; jetzt wußte ich, warum sie schwer gewesen war, vor allem für seine Frau.

»Lecker!« grunzte er schließlich. »Wirklich lecker! Jetzt muß ich mal kurz verschwinden.«

Mit lautem Rumpeln stieß er seinen Stuhl zurück und stand auf. Er ging zur Kellertreppe, die zu den Toiletten führte, und versank stufenweise nach und nach im Boden.

Und dann geschah es.

*

Es war ein etwa sechzigjähriger Mann in teuren Segelschuhen. Er saß auf dem Stuhl am Nebentisch und schwankte, und ein Stück Spinat hing ihm aus dem Mund. Er hieß Waldemar Jastremski, aber das sollte uns erst sein Ausweis sagen. Zwischen seinen Fingern qualmte eine Zigarette, und einen Moment lang sah er aus wie Lord Extra, der echte Sir Reginald Spencer Lord of Extra, der die leichten Glimmstengel erfunden und den Rest seines Lebens damit verbracht hatte, in den siebziger Jahren sich, seine weiße Yacht, seine weiße Eisenbahn, sein weißes Flugzeug und seine weißen Weiber hilflosen Kinogängern in den eigenen Werbefilmen zu zeigen.

Es geschah so plötzlich, daß der Wirt, der hinterm Tresen vor Anker lag, sein Geschirrtuch sinken ließ und herüberstarrte.

Der Mann hatte im Schlürfen innegehalten. Sein Gesicht war vor Anstrengung rot angelaufen, und auf seiner Stirn stand eine Ader hervor.

»Ist was?« fragte einer seiner Nachbarn besorgt; er wirkte wie ein Arzt, weil zwei Kugelschreiber ihre Köpfchen aus der Tasche seines Segelhemdes gesteckt hatten und in den Raum glänzten.

Der Angesprochene schüttelte den Kopf und begann heftig zu husten. So heftig, daß der Eiergrog vor mir zu wackeln begann.

»Aufhören!« riefen die Umsitzenden entsetzt.

Er beugte sich ein Stück vor und blähte die Backen. Ein Schwall von Magensaft und halbzerkautem Essen schoß heraus und platschte auf den Tisch. Immer wieder brach es aus ihm heraus; mittlerweile war er aufgestanden und wankte würgend durch den Raum.

Von seinen Lippen troffen lange Fäden, und mit aufgerissenen Augen lief er auf die Theke zu.

Dann blieb er stehen, hielt sich mit blauem Mund an der nächstbesten Tischdecke fest und kippte nach hinten, während Eiergrogs, Reste von Knieper und Heringssalat auf seinen zuckenden Leib rutschten.

Er öffnete den Mund, richtete sich auf und sackte wieder in sich zusammen. Mit einem Geräusch, als würde ein Luftballon aufgeblasen und plötzlich losgelassen, ging mit einem Mal ein starker Fäkalgeruch von ihm aus.

Der Mann, der wie ein Arzt aussah, beugte sich über ihn.

»Er ist tot!« sagte er schließlich leise, aber immerhin so laut, daß Will, der in diesem Augenblick wieder den Raum betrat, es hören konnte.

»Zuviel Eiergrog«, hörten wir später. »Ich darf mich vorstellen, mein Name ist Schmolcke. Doktor Rabindranath Schmolcke. Dieser Mann hier war höchstwahrscheinlich herzkrank, mit schlimmem Cholesterinspiegel. Alkohol und Eier, das ergab eine tödliche Mischung. Aber als Urologe kann ich mich natürlich täuschen.«

Will ließ ihn stehen, wandte sich den anderen Leuten

zu und nahm ihre Personalien auf. Mit ein paar mürrischen Worten befahl er dem Wirt, Spuren des Erbrochenen zu sammeln – und mit einem Blick, der sich jeden Ansatz eines Murrens verbat.

Zwischen dem Würgeanfall des Toten und Wills Rückkehr waren gerade drei Minuten vergangen; Zeit genug für einen guten Killer, um die Kneipe zu verlassen und das Weite zu suchen.

»Vielleicht war der Eiergrog vergiftet«, meinte er schließlich. »Wie viele hattest du?«

»Einen.«

»Und? Spürst du schon was?«

»Nö.«

»Das Gesöff war also nicht generell tödlich«, brummte er. »Wenn er vergiftet wurde, war das ein gezielter Anschlag. Wir haben Adressen aller Zeugen, vielleicht auch die des Täters. Jetzt geht die Arbeit los, Max«.

Nur was das Tempo betraf, lag er voll daneben.

DIE MEDIZINISCHE ABTEILUNG

Am späten Nachmittag flog mit lautem Brummen eine zweimotorige Propellermaschine über die Badedüne, landete und hielt mit quietschenden Reifen vor einem Hügel aus Sand und Strandhafer an.

Es war eine Beechcraft mit verglaster Kanzel und Zusatztanks an den Spitzen der Tragflächen. »Das ist die D-IOLA«, rief Will vom Fenster des Bungalows aus. »Hurra, hurra, der Giftarzt kommt!«

Zehn Minuten später begrüßten wir einen bebrillten, hageren Mann, der sich als Dr. Antwerpes von der Kripo Frankfurt vorstellte, still unsere Geschichte anhörte und dann seine Tasche hob. »Wo ist der Tote?« fragte er mit rauher Stimme. »Sie haben ihn hoffentlich auf Eis gelegt?«

»Jastremski ruht sich im Zollager auf der Butter aus«, nickte Will, »und wenn Sie sich morgen die Kneipe ansehen wollen, wegen der Spurensuche, können Sie bei uns übernachten.«

»Es ist nicht viel, was wir haben«, fügte ich hinzu. »Ein Bungalow mit angeschraubten Möbeln. Zum Klo muß man ins Freie.«

»Ich war im Osten, ich bin Schlimmeres gewohnt.« Dr. Antwerpes nickte ernst. »Kann ich den Toten sehen?«

»Tun Sie, was immer Sie wollen. Fühlen Sie sich wie zuhause. Unser Häuschen hat Nummer neunzehn, wenn Sie unsere Einladung annehmen wollen.«

Der Arzt machte eine formvollendete Verbeugung. »Es wird mir eine Ehre sein.«

*

»Ein eindeutiger Fall«, sagte der Arzt schließlich, als er aus dem Zollager zurückkam. Wir saßen vor dem Dünenrestaurant auf Plastikstühlen, kamen uns wie auf einer Skihütte vor und sahen eine hochgewachsene Blondine lustlos zwischen den Tischen umherkellnern. »Der arme Mann. Es war Arsen, und zwar nicht zu knapp.«

Ich sah zum Horizont, auf den der Feuerball der Sonne immer tiefer herabsank. Arsen war ein gebräuchliches Gift und recht leicht zu beschaffen; es war geruch- und geschmacklos und sah aus wie Zucker. Im Normalfall, wenn es so etwas überhaupt gab, rührten es einem übelwollende Zeitgenossen wochenlang ins Essen. Zuerst fielen einem die Haare aus, dann kam das Zipperlein, und wer nicht zum Arzt ging, war bald tot. Wenn Jastremski an langwirkendem Arsen gestorben war, mußten wir den Täter in seinem Umfeld suchen.

»Man hat ihm eine Riesenportion verabreicht. Auf einen Schlag«, unterbrach der Arzt meine Gedanken. »Und noch was: Seine Mundschleimhaut ist völlig verfärbt. Das kann nicht nur vom Gift stammen. Was hatte er getrunken?«

»Eiergrog«, knurrte Will düster. »Der vierte ist umsonst.«

»Dann will ich auch einen«, freute er sich. »Fräulein! Haben Sie schönen, frischen Eiergrog und ein kühles Bier?«

Doch die Kellnerin würdigte ihn keines Blickes. Hüftenschwingend riß sie sich von einem bärtigen, über beide Backen grinsenden Urlauber los, der sie umarmt hatte, und verschwand im Inneren des kleinen Restaurants.

Es war ein heißer Tag gewesen, und der Wind, der vom Meer blies, war noch warm. Als sie bald darauf mit einem einzelnen Glas Bier in der Hand wieder herauskam, gestikulierte der Giftarzt abermals in ihre Richtung. Sie ließ ihren Blick über die Tische schweifen, als würde sie nach neuen Gästen Ausschau halten, und steuerte auf seinen Nachbarn zu, der ihr bittend zwei leere Bierhumpen entgegenhielt; dabei vermied sie es, Dr. Antwerpes auch nur aus den Augenwinkeln anzuschauen.

»Kellner sind schlechte Zeugen. Die sehen nicht mal, wenn jemand winkt«, meinte Will schließlich, und sie warf ihm einen Blick zu, mit dem man ein Loch in eine Betonwand schlagen konnte.

Kurz darauf brachte die Kellnerin Antwerpes den Eiergrog und das Bier, stellte die Gläser auf den Tisch und sagte: »Trinken können Sie allein, oder?«

»Danke«, antwortete Will, riß sich vom Anblick ihrer Bluse los und lächelte. »Tschuldigung, daß ich grob geworden bin. Was können Sie jemandem empfehlen, der unfreundlich zu Frauen ist und einen Bärenhunger hat?«

»Labskaus«, sagte die Kellnerin.

Will strahlte sie an. »Labskaus ist prima. Und kann man mit Ihnen abends was unternehmen?«

»Kommt drauf an«, erwiderte sie und warf ihre blonden, etwas zu sehr gepflegten Locken zurück. »Ab neun hab ich frei. Ich bleib auf der Düne und hör den Seehunden zu.«

»Ganz schön stramm, das Mädel«, meinte Will beifällig, »wie 'ne bulgarische Hammerwerferin. Mannomann, hat die Dinger.«

*

Wir kamen noch öfter darauf zu sprechen; Eppstein, der Gefallen an der Frau gefunden hatte, ließ nicht davon ab, die Schönheit der Kellnerin, ihren großen Busen und etwaige Freuden einer kommenden Nacht im Fünfminutentakt zu erwähnen. Ja, er steigerte sich förmlich hinein:

»Klasse, die Kleine. Doktor, ich bleib hier. Sie können meinen Schlafsack haben.«

»Der weitere Mord«, unterbrach ich ihn, »taucht alles in neues Licht. Wer es auch war, er kennt sich nicht nur auf der Insel aus, sondern auch in der Mokkastube. Er kam unauffällig dazu, als das Tablett mit den Eiergrogs herumstand, und träufelte das Arsen hinein.«

»Hm.«

»Danach hat er das Weite gesucht. Von den Gästen war's keiner, die hockten zu eng aufeinander.«

Dr. Antwerpes nickte. »Haben Sie eine Spur? Und« – er beugte sich aufmerksam vor, wich dem dritten Bier, das die Kellnerin brachte, aus und nestelte vorsichtig die Brille aus seinem hageren Gesicht – »steht der Mord in irgendeiner Verbindung mit Klaus-Jürgen?«

Ich zuckte mit den Schultern. »Offen gesagt, ich habe keine Ahnung. Auf jeden Fall wissen wir nicht, wer der Mörder ist. Anzunehmen, daß er wenig Interesse daran hat, erwischt zu werden.«

»Stimmt.«

»Allerdings war das hier kein großer, aufwendiger Mord mit Blut und Wunden und gellenden Schreien, sondern nur eine kleine, unauffällige Untat. Wenn Will und ich nicht zufällig anwesend gewesen wären, hätte keiner Verdacht geschöpft. Irgendein Arzt hätte den Totenschein ausgestellt, und alles wäre vertuscht und begraben worden.«

»Ja, ja, die Ärzte.«

»Wie auch immer, ich finde, das alles sieht sehr professionell aus; gute Arbeit, Kompliment! Und was Klaus-Jürgen angeht – gut möglich, daß die beiden Morde zusammenhängen.«

Will nickte. »Der Mörder ist uns einen Riesenschritt

voraus. Jetzt sollten wir langsam die Siebenmeilenstiefel anziehen.«

Er stellte fest, daß dies ein Satz war, dem man keinen nachschieben konnte, und winkte der Kellnerin zu, die rauchend am Eingang des Restaurants stand. Als er sie ansprach und seine Hand ihre Schulter streifte, beugte sie sich ein Stück vor und ließ ihn in ihren Ausschnitt sehen, zwischen ihre beiden rosigen, nur von einem hellen BH zusammengehaltenen Brüste, die ihm atmend entgegenwabbelten.

Sie erklärte uns, wobei sie kokett aufsah, daß an diesem Abend ein Konzert zu erwarten sei, wie es alle Wochen wieder über die ansonsten stille Düne und ihre wettergegerbten Menschen hereinbrach; ein vielversprechender Auftritt des Männerchors, der mit seinen Gesängen die Sandberge hier unsicher machte. Will und ich erhoben uns schließlich und gingen ein Stück den Strand hinunter, während Dr. Antwerpes zurückblieb, um still und gewissenhaft seinen Bericht zu schreiben.

»Tolle Frau«, wiederholte Will, als wir ein paar hundert Meter zurückgelegt und einen rot-weiß gestreiften Leuchtturm erreicht hatten, von dessen rostiger Trittleiter Tang wehte. »Heut laß ich's krachen! Zähl mal, Max!«

»Zähl mal was.«

»Einfach so!«

»Eins, zwei, drei«, begann ich, »vier, fünf, sechs…«

»Max,« meinte Will ernst, »kennst du nicht Eppsteins sexuelles Einmaleins? So zählt man richtig.« Er wandte den Blick zur See und begann mit theatralischer Stimme zu deklamieren:

»Ei, Schwein, Dreier, Gier, Pfünpf!
Sex, Lieben, Akt, Nein, Zuseh'n!
Elf, zwölf, Ei-Seh'n, Fickzehn, Pfünfseh'n!
Sackseh'n, Liebzehn, Nacktseh'n, Neinzehn,
Schwanzig!
Keinhundschwanzig ..«

»So kriegst du die Frau nie«, rief ich von der Brandung aus. »Mehr Charme, Eppstein!«

Aber er war schon ein Stück voran geeilt.

»Komm schnell, Max! Seehunde!«

Tatsächlich lagen im flachen Wasser zwei schwarze, vielleicht mit Öl, vielleicht mit Tran gefüllte Säcke und aalten sich in der untergehenden Sonne. Weit draußen, auf dem Horizont, fuhr eine Reihe Schiffe als kleine Punkte am Abendrot entlang, und die fernen Lichter der Insel schimmerten wie die Lampen winziger Puppenhäuser in einem Campingwagen bei hundert Meilen pro Stunde.

So standen wir nebeneinander und ärgerten uns, daß wir die Ferngläser vergessen hatten.

SPÄTER FRÜHLING

Um acht Uhr lief der Männerchor im Restaurant auf der Düne ein, und es begann ein großes Hallo. Wie die Weisen aus dem Morgenland wurden die Chorknaben, lauter ältere Fischmetzger und Sprithändler, begrüßt und handgeschüttelt; später standen sie in ihren Seemannsuniformen am Tresen, ließen Klare in ihre Wampen hineinlaufen und lachten.

Nach einiger Zeit schließlich versammelten sie sich draußen vor der Tür und begannen, einen lauten Mischmasch von Melodien zu singen.

Liebe zum blonden Mädel,
wenn nachts der Schäferhund bellt!
Achttausend Mann, die marschieren,
einmal ganz rund um die Welt!

Fünftausend Tonnen,
das Boot fährt voran
zur Entscheidungsschlacht, haha,
von Mahann gegen Mahann.

Halli, hallo, wir fahren,
kümm wer, min Jong, ip luun!
Denn grün ist das Land,
rot ist der Fels,
weiß ist der Sand;
das sind die Farben
von unserem Land.

»›Kümm wer‹ kann kaum einer verstehen, wir sprechen hier nämlich 'ne eigene Sprache, und das heißt ›Komm wieder‹. So, jetzt machen wir 'ne kleine Verzehrspause, dann geht's weiter mit dem Lied ›Seemann, laß das‹; nämlich ›Seemann, laß das Träumen‹«, schloß der Vorsänger, ein kugelrunder Mann mit dicker Nase; geräuschvoll zogen sich die Männer ins Dünenrestaurant zurück.

Als ich mich umschaute, war Will verschwunden, und mit ihm die blonde Kellnerin.

*

Zwei Kilometer weiter, in den Dünen zwischen Sand und Meer, lief Eppstein in den Abend, Arm in Arm mit einer Frau.

Es hatte nicht viel Worte gebraucht zwischen beiden, nicht viel Gerede und nicht viel Geschwätz. Ein Blick, ein undeutbares, aber starkes Gefühl hatte genügt, um alles klarzustellen, um seine Hand in ihre, seinen Mund auf ihren Hals wandern zu lassen.

Und als sie unter seinen Küssen erschauerte, stellte Will Eppstein fest, daß ihm ein stattliches Rohr gewachsen war.

Der Ort, an dem sie standen, war windstill. Der Mond sah zu, und auch die Düne hörte auf zu wandern, während nur das Rauschen der Brandung und ihr leises Stöhnen zu hören war.

Will blickte Maritta an und drückte sein Gesicht an ihres. Ein Kuß verschloß ihren Mund, und ihre Hand griff unter sein Hemd, strich an seinem Bauch entlang und umarmte seine Hüfte.

Er schob ihren Rock hoch. Ein Schlüpfer kam darunter zum Vorschein. Mit einer knappen Handbewegung, aber nicht ohne Anstrengung, riß er ihn in Fetzen.

Dann streifte Will seine Hose herab und stieg aus ihren Beinhülsen.

Sie legten sich ins Gras der Düne; nur die Möwen waren Zeuge, flogen über sie hinweg und sahen zu. Sie sahen, wie der Mann mit seinem Mund am Nabel der

Frau entlangstrich, sie sahen's und konnten's nicht verstehen.

»Vielleicht sucht er ihre Eier?« meinte Heike, ein junges Möwenmädchen, zu ihrer Kollegin, die neben ihr in zwanzig Meter Höhe über der Szene schwebte. »Oder vielleicht hat sie irgendwo Brotkrumen versteckt?«

Eppstein küßte Marittas Schultern, ihren Nacken, ihren Hals. Sie hob ihre Arme, nahm ihren BH ab, und ehe er sich versah, fielen ihm zwei große, weiche Brüste entgegen.

Maritta stöhnte. Will umfaßte ihren Busen, der weich und braungebrannt herabhing. Tiefer berührte er ihre dunklen, krausen Haare.

Sie wußte nicht genau, wer es war; sie hatte unten keine Augen. Sie nahm an, daß es Eppstein war, der sie an den Hüften gepackt hatte und an ihrem Nacken keuchte. Sein warmer Körper und ihrer verschmolzen, wenn auch nur an einer Stelle, und sie rollten herum und atmeten sich gegenseitig an.

Dann lagen sie aufeinander wie zwei gute Bekannte. Selten hatte Will eine schönere Frau gesehen.

Erst später fiel ihm ein, daß er sie noch hätte fragen können, ob sie eigentlich verhütete; die Vorstellung, von seiner Dienstfahrt einen schreienden Racker mitzubringen, war ihm unangenehm. Doch selbst wenn ein Kind namens Gernot, Hilmar oder Thilo, Iris, Beate oder Brigitte dabei herausgekommen wäre, er hätte es trotz des Namens angenommen und zu einem aufrechten Menschen erzogen; einem Menschen, der schon frühzeitig die eigene Steuererklärung machen und ihm im Haushalt zur Hand gehen konnte.

Noch später, als er sich eine Zigarette drehte und seine Gefühlswelt betastete, wurde Will klar, was geschehen war. Nicht, daß er vorher keine Frau gekannt hatte – er kannte eine ganze Menge. Schaudernd erinnerte er sich an seine ehemaligen Klassenkameradinnen, an Antje und Petra, deren Klöpse und Möpse er auch nicht für viel Geld angerührt hätte. Doch mit Maritta war es anders. Es tat ihm leid, an etwas anderes als an sie denken zu müssen. Sie hatte in seinem Herzen Platz genommen, auch wenn er das in diesem Moment noch nicht wußte. So kam es, daß er sagte:

»Ich kann nicht lange bleiben. Trotzdem, mir graut davor, dich hier allein zurückzulassen; hier, wo die Piraten wohnen.«

»Nimm mich mit«, entgegnete sie herb. »Egal wohin, ich komme mit.«

Er schüttelte den Kopf. »In Frankfurt gefällt es dir nicht. Die Wellen sind kleiner.«

»Toll«, antwortete sie.

»Viel weniger Meer.«

»Gott sei Dank.«

»Noch weniger Touristen.«

»Herrlich.«

Und dann erzählte Will von seiner Ehe. Alles, was sich jahrelang in ihm angestaut hatte, brach nun heraus. Er packte aus, begann zu singen und verpfiff seine Ex-Frau, wo er nur konnte.

»Astrid hieß sie, Astrid Eppstein. Sie war eine Hure in der Küche und eine Hausfrau im Bett, deshalb haben wir uns getrennt.«

»Warum?« fragte Maritta leise.

»Tja« antwortete er nachdenklich, »vor allem das mit dem Rauchen hat sie aufgeregt. Ich bin Selbstdreher, weißt du.«

»Also bist du noch zu haben?« sagte Maritta lakonisch.

Will nickte. »Ich bin ein freier Mann. Wenn der Fall geklärt ist, geh ich zurück. Ich kann bei den Bekloppten hier nicht bleiben.«

»Nimm mich mit«, wiederholte sie, »ich hab gespart. Wir können eine Hühnerfarm eröffnen.«

Er schüttelte den Kopf.

»Ich bin Polizist. Was anderes kann ich nicht.«

»Dann werde ich das machen. Du sitzt im Liegestuhl, wenn ich die Hähnchen füttere. Dazu trinkst du Bier und ißt Bauernbrötchen mit schön Rührei drauf. Wir könnten uns unter Palmen lieben und uns gegenseitig das Salz von der Haut lecken.«

Er überlegte nicht mehr lange.

*

Ich wartete den ganzen Abend lang auf Will, ohne daß er zurückkam. Ich lag im Bungalow und dachte, als um Mitternacht wieder die kalten Tropfen auf das Dach des Holzhauses prasselten: »Der weiß, was er tut.« Tatsächlich patschte aber erst um zwei ein Paar Hände an die Tür, und als ich sie öffnete, sah mich Will pitschnaß an, und in seinen Armen hielt er eine Blondine, die er vom Fluch des Dünenrestaurants befreit hatte.

»Will nur meinen Schlafanzug holen«, erklärte er zur Begrüßung, »und Maritta vorstellen. Der Kerl hier heißt Max Golding. Max, gib Pfote.«

Ich streckte meine Hand aus und schüttelte sie.

»Noch mal zu den Gästen der Mokkastube«, meinte er zwei Stunden später. Es war ein anderer Will Eppstein als der, der vor kurzem noch fluchend durch den Sand gestolpert war; ein anderer Will als der, den die Kinder aus der Mau-Mau-Siedlung vertrimmt hatten; erst recht ein anderer Eppstein als der, der eines Morgens schreiend, mit blutigem Gesicht und durchhängender Nabelschnur, aus der Mama herausgezogen worden war.

»Da sind erstmal die beiden Berliner Schalubka und Icke aus Kreuzberg. Beide betreiben ein Taxiunternehmen und sind, bis auf ihren Fahrstil, völlig harmlos. Doktor Rabindranath Schmolcke kennen wir ja schon; ein Urologe in den Flitterwochen. Die Reise hat ihm ein Pharma-Konzern geschenkt; Pillen und Patienten, die alte Geschichte. Dann saßen noch vier Segler da, die mit der Jolle aus Jütland gekommen sind. Und dieser Vollbärtige, der für Geld in der Fußgängerzone Pantomimen macht, war so voll und so bärtig, daß er keinen Schritt mehr gehen konnte.«

In diesem Augenblick begann laut und fordernd ein Wecker zu piepsen. Im Dunkel fuhr eine Gestalt in ihrem Bett auf und schaute sich verwirrt um, bevor sie die Uhr mit einem gezielten Schlag zum Verstummen brachte.

»Hatten Sie nicht gesagt, daß ich Ihren Schlafsack haben könnte?« Dr. Antwerpes drehte sich verbittert auf die andere Seite.

»Wir stehen mit leeren Händen da«, meinte Will leise. »Was wir jetzt brauchen, ist ein Wunder.«

Am nächsten Morgen stürmte und heulte der Wind vor dem Fenster; Wassertropfen klatschten an die Scheiben und rannen in langsamen Schlieren daran herunter. So hoch war der Seegang, so grau das Meer und so triefendnaß vor Regen die Düne, daß auch gegen elf kein einziges Boot die Insel anlaufen konnte. So standen Will, Dr. Antwerpes und ich am Anleger und starrten auf das brackige Gewaber der Wogen hinaus.

Am Nacktbadestrand, an dem trotz der Kälte ein paar alte Damen herumliefen und wie Walrösser in der Brandung tollten, kamen wir mit dem Bademeister ins Gespräch und nahmen ihn kurz ins Verhör.

»Ist Ihnen etwas aufgefallen? Irgendwelche verdächtigen Anzeichen, verdächtige Leute?«

Er schüttelte den Kopf. »Tut mir leid. Alles normal.«

Will deutete auf ein weibliches Nilpferd, das sich mit geschlossenen Augen in die Gischt warf: »Reizende Umgebung. Den ganzen Tag über im Land der Weiber – Mann, Ihren Job möchte ich haben!«

Der Bademeister schüttelte den Kopf. »Ich muß meine Augen überall haben, damit niemand ertrinkt. Wer schwimmen geht, den seh ich genau an und merk mir sein Gesicht, ob er einen Bart trägt oder keine Haare hat; von der Farbe der Badehose mal ganz abgesehen. Das strengt schön an.«

»Glaub ich nicht.«

»Doch, ehrlich. Ich hab schon Schwielen auf der Hornhaut vom vielen Gucken.«

Kurz vor Sonnenuntergang kam Wills Freundin vorbei und lud uns ins Dünenrestaurant ein. Gemeinsam gingen wir an der rissigen Landebahn des Flughafens vorbei, setzten uns im Inneren des Lokals an einen Tisch und bestellten Labskaus mit Spiegeleiern, Schnitzel, Gulasch, eine Tasse Rindsbouillon und Bier. Maritta hatte ihren freien Tag und sah dem Wirt genüßlich zu, der schwitzend hinter dem Zapfhahn arbeitete und ab und an einen Befehl in die Küche schnauzte.

»Ich frag mich schon den ganzen Tag, ob diese beiden Fälle was miteinander zu tun haben«, brummte Will schließlich.

»Und?«

»Ja. Klaus-Jürgen und Jastremski waren beide unauffällige Typen, und irgendwie muß der Mörder nicht ganz dicht sein. Wenn man einen einzelnen Mord begehen will, knabbelt man nicht noch andere Leute um, sondern haut gleich ab.«

»Hm.«

»Unser Mörder ist anders. Er meuchelt Leute weg, die in keinerlei Verbindung zueinander stehen. So was gibt's selten. Ich weiß, was du sagen willst, Max. Muckel Pockorny, den wir vor drei Jahren eingebuchtet haben, hatte mit der Heckenschere sechs Menschen erledigt, an einem Nachmittag. Und Kuno Brockly? Es gab acht Tote, als er Amok lief. Die Jungs haben zwar mehr Tote auf dem Gewissen, aber immer spontan gehandelt. Sind die etwa extra auf irgendeine Insel gefahren, um dort irgendwelche Ausflügler hinzumachen?«

»Und wenn der Täter von hier stammt?« fragte ich leise.

Will verschloß die Augen zu Schlitzen und schüttelte den Kopf.

»Dann wären wir ihm so dicht auf den Fersen, daß er sich vor Bammel irgendwo aussprechen müßte«, antwortete er und hob sein Bierglas an die Lippen. »Beim nächsten Insulanertreffen packt er dann gleich aus; und damit der Tourismus nicht gefährdet ist, wird er von den anderen umgenietet. Das alles müßte wie ein Unfall aussehen; und die Folge davon wäre, daß die Flut längst einen ertrunkenen Eingeborenen anschwemmt.«

»Stimmt.«

»Aber nichts von dem ist geschehen. Doch auch wenn der Mörder kein Eingeborener ist, er kennt sich hier aus. Er muß ein paarmal hier gewesen sein, um sich mit allem vertraut zu machen.«

»Man könnte die Matrosen fragen«, meinte Maritta, »die auf den Butterfahrtschiffen arbeiten. Vielleicht ist denen was aufgefallen.«

»Darauf kommt ihm jeder«, antwortete Will, »nein, er ist gerissen wie ein Fuchs. Er wechselt die Boote, um keine Spuren zu hinterlassen. Heute reist er von Westerland aus an, morgen aus Hamburg. Vielleicht haben wir es sogar mit einem Serienkiller zu tun.«

»Aber wer auch immer der Mörder ist, die vielen Butterfahrten müssen ihn völlig mürbe gemacht haben«, warf Dr. Antwerpes ein. »Armagnac, Ballantines, Christbirnen, Dornkaat, Enzian, Fernet Branca, Gin, Hennessy, Irish Moos, Jambosala, Küstennebel, Lufthansa Cocktail, Mexcal, Nußtropfen, Ouzo, Pernod, Quittenlikör, Ramazotti, Sangria, Tequila, Uerdinger, Vecchia Romangna, Weinbrand, Xylophontröpfchen mit Schuß,

Yamswurzelschnaps und Zitronenlikör – ich mag gar nicht daran denken, was sonst noch alles an Bord serviert wird! Suchen Sie hier einfach nach jemandem mit dickem Bauch und Fettleber, dann haben sie den Täter.«

Will nickte und steckte eine Zigarette in seinen Mund. »So einfach ist es nicht. Jeder zweite wiegt hier zwanzig Kilo über normal. Aber wer weiß? Vielleicht ist er wirklich noch auf der Insel. Dann müßte er ja irgendwo angemeldet sein und diese dämliche Kurtaxe zahlen. Max, ruf Batschik an, der hat 'ne Liste aller Gäste.«

Doch der Polizist, den ich kurz darauf aus dem Schlaf klingelte, legte gleich wieder auf.

WAS JEDEN TAG PASSIERT

Eine Woche später waren wir immer noch da.

Längst war unser normaler Alltag einer etwas zäheren Fassung des Alltags gewichen; längst war der Gang zum Spülbecken durch Wind und Nacht kein Abenteuer mehr, sondern nur lästige Pflicht geworden. Es war Oktober, und der kleine Duty-Free-Shop am Flughafen war beinahe ständig geschlossen. Nur selten ging noch draußen, vor der Reede, ein Schiff vor Anker; und auch der Bademeister der Düne hatte, in dicke Sweatshirts eingehüllt, mit wehendem Atem seine Strandkörbe verpackt und längst sicher weggeschlossen.

Der Spätherbst zog ins Land, und eisige Stürme peitschten den Himmel. Die Brecher schlugen krachend über den verwitterten Betonmauern des Hafens zusammen, und der Regen fiel fast waagerecht; er kämmte die dürren Halme des Strandhafers, strich durch die Sanddornbüsche, zerrte und heulte um den Leuchtturm herum, und große Wellen bissen schwappend Stücke aus dem Sandstrand. Vor Tagen hatten wir Dr. Antwerpes mit klammen Fingern verabschiedet. Es kam uns wie eine Ewigkeit vor.

Hoch über dem Land zog die Raumstation Mir ihre Kreise. Die Männer, die dort an Bord waren und sich im Lärm der Meßinstrumente befingerten, hatten es besser als wir, die jeden Tag gemeinsam durch die Dünen gingen, am Nordstrand dem Kollern und Klirren der Kiesel folgten und mit tief in den Kragen gedrückten Köpfen nach Strandgut suchten, das ja doch nie angeschwemmt wurde.

Will starrte mißmutig in den Hagel, der am Fenster herablief, dann auf das Muster seines unmodischen Pullovers. Aktuelle Tageszeitungen kamen nur selten, und so las er oft in dem vierfarbigen Prospekt, den ihm die Kurverwaltung schon in Frankfurt zugeschickt hatte: »Auf der Düne. Naturkundliche Strandwanderung. Lernen Sie Seevögel kennen.«

Er sah hinaus in den Regen und stellte sich vor, wie das Kennenlernen vor sich gehen würde. Wie die Männer und Frauen des Vogelschutzvereins sich erst vorsichtig heranpirschten, dann vor den brütenden Eiderenten aufrichteten und mit zur Begrüßung ausgestreckten Händen auf sie zugingen, und wie die Vögel erst noch aufgeregt kreischend, bald aber beruhigt auf sie zugewatschelt kamen, ihre platten Schnäbel öffneten, »Guten Tag, mein

Name ist Nils« fiepten und ihnen den Flügel zum Gruß reichten.

Einmal pro Woche rief der treue Dr. Antwerpes an und erkundigte sich nach Will. Stets kam dann die Antwort »Mir geht's gut, ich will weg, holt mich ab«.

Dr. Antwerpes stellte viele Anträge, lief sich die Hacken ab und mühte sich redlich, doch er konnte nichts zustandebringen, was Will vom Rande des Endes der Welt weggebracht hätte.

*

Eines Morgens spürte Will eine gewaltige Kraft in sich aufsteigen, eine andere als sonst. Herzhaft biß er in ein Schwarzbrot und schüttete Kaffee hinterher. Die Energie in seinem Brustkorb blieb.

Zuversichtlich, daß das Ende dumpfer Zeiten nah war, setzte er mit der Dünenfähre über, lief bei strömenden Graupelschauern über die Insel und kaufte eine Karte für das Nordsee-Aquarium auf Helgoland.

Er betrat die gluckernde, abgedunkelte Wunderwelt und schritt an mit Wasser gefüllten Glaskästen vorbei, hinter denen Fische mit ausdruckslosen Augen hin und her schwammen. Er sah eine kleine Flunder, die sich flach und durchsichtig an den sandigen Boden gepreßt hielt, und einen gewaltigen Dorsch, der mit stummem Maul weich und saugend an die Scheibe stieß.

Zwei links, zwei rechts im nassen Kreis,
die Augen kalt, die Lippen stumm,
so schwimmt der Goldfisch, wie man weiß,
bei Benno im Aquarium.

Er hat schon Weib und Kind verlor'n,
vom Kater aufgefressen.
Er ist im Weltenmeer gebor'n,
bloß hat er das vergessen.

Nur manchmal, wenn die Sonnenstrahl'n
bis ins Aquarium scheinen,
denkt er an seinen Ozean
und fängt dann an zu weinen.

Fische waren Will bisher nur im gekochten und gebratenen Zustand begegnet, prompt begann sein Magen zu knurren.

Auch die lustigen, schnurrbärtigen Seehunde, die in einem Becken schwammen und nach Heringen tauchten, die ein Wärter in Gummistiefeln hineinwarf, stimmten ihn nicht heiterer; nachdenklich fuhr er zurück auf die Düne, um für den Rest des Tages nicht mehr aus dem Haus zu gehen.

Oft überlegte er, alles hinzuschmeißen. Den Job aufzugeben, aufs Festland zurückzukehren und ein Fischrestaurant aufzumachen, in dem er mit Maritta kochen und servieren konnte.

Eine große Sehnsucht nach Wärme machte sich in seinem Leben breit. Er schmückte den Bungalow mit Fotos aus der »Bunten«, die von Traumstränden berichtete und Prominente von Mexiko schwärmen ließ.

Will haßte diese Bilder, aber er nahm sie nie ab, weil er dachte, daß ich an ihnen hängen würde.

So feinfühlig war er mit der Zeit geworden.

Ein Fall von Ladendiebstahl brachte Abwechslung in Wills Leben, wenn auch nur für kurze Zeit. Bei einem Juwelier war eine Armbanduhr gestohlen worden; ein geschmackvolles Meisterwerk, das die Zeit von einer Atomuhr empfing und stets genau ging.

Außerdem war ein Geschenkkoffer »Lindbergh« abhanden gekommen, der einen Nachbau der Uhr, mit der Charles damals Swing und Pariser Bohème einander nähergebracht hatte, ein hölzernes Flugzeugmodell der »Spirit of St. Louis« sowie Dokumentationen zu Lindbergh und seiner Uhr enthalten hatte; darüber hinaus fehlten noch eine Anzahl langer Bernsteinketten, um die es aber nicht so schade war, weil der Geschäftsmann sie aus Polen importiert und noch kistenweise auf Lager hatte.

Während der Wind die ersten Schneeflocken über die Insel trieb, versuchte Will, wieder in seinem Element zu sein, aber es war ein zäheres und langsameres Element als früher.

Er wußte, daß der Dieb aus dem Ort stammen mußte, denn seit Tagen tobte ein schlimmer Sturm, und kein Schiff hatte die Insel angelaufen. Bald stieß er auf einen pensionierten Seemann, der mit einem umfangreichen Backenbart unter seinen Verwandten lebte und sich auf einem Containerschiff vor Lagos zum Kleptomanen entwickelt hatte.

Zusammen mit dem katholischen Priester besuchte Will den asthmatisch keuchenden Schiffskoch, der sofort zusammenklappte und seine Schränke öffnete. Vom Einkaufswagen aus Berlin bis hin zu fremden Einschreiben, von rosa Spielzeugteddys bis zu Autoschlüsseln hatte er alles eingepackt, was seine starken Arme in die Finger gekriegt hatten.

In Ermangelung eines Gefängnisses wurde er auf freiem Fuß gelassen. Als sie sein Haus verließen, stand er am Fenster und winkte ihnen fröhlich nach; unwillkürlich begann Will, seine Taschen zu kontrollieren.

*

Am selben Abend kam der Juwelier zum Dank mit drei Litern Whisky vorbei und wir tranken sie zusammen aus. Carl Ivens war ein fünfzigjähriger, unauffälliger Typ mit der typischen dünnen Brille, die Juweliere im Deutschland des ausgehenden zwanzigsten Jahrhunderts trugen, und nach ein paar Gläsern taute er auf und erzählte uns von langen Tagen und Nächten, die er hier erlebt hatte.

»Issas nich irre, daß wir uns kennengelernt ham?« bemerkte er schließlich grinsend. »Issdoch echt Wahnsinn, diese Insel! Verdammich, dascha das Land, in dem ich mein Glück gemacht hab! So'n kleiner, lütter Fleck im Meer, nicht größer als'n Fußballplatz, und doch echt viel los hier, nich?«

»Was ist für Sie Glück?« fragte Will nachdenklich.

»Prima! Glück ist prima.«

»Sind Sie verheiratet?«

Ivens Brille nickte.

»Was tun Sie, wenn sie keinen Schmuck verkaufen?« fuhr Will fort.

»Mann, Hobbys hab ich, und zwar 'ne ganze Menge!

Zum Beispiel flotte Karren. Is schon Wahnsinn, sieht man mir nich an, aber ich fahr 'nen schönen, alten Porsche auffem Festland.«

»Tatsächlich?«

»Klar, Mann. Und ich les auch gern n'büschen!«

»Was denn?«

»Praktisch alles. Ich kenn 'nen ganzen Sack Autoren.«

»Simmel.«

»Au schade, den nich. Kenn Sie noch einen?«

»Kafka«, warf ich ein.

»Klaro, echt Wahnsinn. Ich sach feinste Literatur, wirklich!«

»Und Krimis?«

Carl Ivens lachte herzlich auf.

»Dascha klar, daß Sie das fragen. Ein Polizist interessiert sich für Krimis, nich? Auch da kenn ich mich aus. Agatha Christbaum zum Beispiel. Die Zeit wird lang hier, und wenn der Schneesturm heult, ist Zeit für spannende Lektüre.«

»Au Mann, ich hab seit Johr'n nich mehr so sehr gelacht!« strahlte er später, als er die leeren Flaschen wieder einpackte und die Hand zum Abschied reichte. »Tut gut, intelligente Leute zu kennen! Sach mal, was macht ihr morgen? Wollt ihr zum Essen komm? Wär echt stark.«

Ivens wohnte abseits der anderen, in einem von außen unauffälligen, innen aber umso prächtigeren Haus auf dem Fels. Die Ölbilder an der Wand sahen aus, als hätte hier jemand reichlich Schotter für Kunst ausgegeben.

Zum erstenmal im Leben sah ich ein echtes Tigerfell vor einem Kamin. Großkalibrige alte Schußwaffen hingen von den Wänden, und neben Will stand ein Aschenbecher, der nur unwesentlich kleiner als eine Suppenterrine war.

Wir tranken Grog aus dicken Gläsern, in die Wappen hineingeschliffen waren, und unsere kleinen Finger standen dabei ab wie Vogelkrallen.

Wir saßen in seinem Hundertausendmarkwohnzimmer und blickten auf die See und ihren fernen Horizont hinaus, der breit und verregnet hinter dem Fenster lag; und während Ivens einschenkte und einen Witz nach dem anderen erzählte, ließen wir die Möbel auf uns wirken, denn dazu waren sie da, die Tische mit Marmorplatten und gußeisernen Füßen.

»Tja, dascha mein Haus. Stark, nich? Alles echt voll Stil. Hatten wir schon immer«, erklärte er tonlos und zeigte auf die dekorativen Kunstwerke, die schwer und schwulstig vor den Tapeten hingen, »wir sind ja 'ne alte Familie, jau. Kennen Sie meine Frau Tina? Die war früher Mannequin! Aber daß das klar ist, kein billiges Modell oder Sternchen, sondern echt 'ne Dame von Welt!«

Ivens fuhr herum, als ein glockenhelles Lachen von der Tür herüberschallte.

Will nutzte die Gelegenheit, um schnell sein Glas mit Punsch zu füllen und dann wieder arglos im Sessel Platz zu nehmen.

Leichtfüßig tänzelte eine Frau in den Raum, die für die Jahreszeit etwas zu braungebrannt war. Ich schätzte sie auf Anfang vierzig und zusammen mit ihrem großen, spitzenverzierten Hut auf hundertdreißig Pfund Lebendgewicht. Sie kam auf uns zu, und in ihren Falten schimmerte weiße Haut durchs Braun.

»Jau, Mann, das issi!« rief Ivens strahlend. »Moin, Tina! Gucken Se man hier, mein Sakko! Doll, nich? Alles von Karl Lagerfeld«, fuhr er fort, stand auf und zeigte das Etikett, »is doch toll in Schuß, nich? Mann, das haut so richtig rein.«

Tina öffnete ihren Mund und riß die Augen auf. Sie hatte eine etwas zu hohe und zu laute Stimme wie eine Ärztin, die einem steinalten Millionär Kaffee anbot. »Wollen Sie ein paar Käsefüße?« fragte sie kieksend und korrigierte sich sofort darauf: »Käsebrote meine ich.«

Will schüttelte den Kopf, fuhr sich durch die krausen Haare und drehte sich würgend zur Seite.

*

Eine Woche später fuhr Will mit dem Schiff nach Hamburg. Es war Nachmittag, und rings um ihn saßen wenige, aber wohlbepackte Butterfahrer, die selig Schnapsflaschen aus ihren Tüten zogen und mit dem voluminösen Bootsleib durch die Wellen schwankten.

»Ich war bei einer Kartenleserin«, teilte er am Abend mit, als wir im Bungalow Rührei machten. »Sie meint, ich hab selber in der Hand, was wird. Es gibt jemanden, der es nicht gut mit uns meint, aber sie konnte nichts erkennen.«

»Der Mörder von Klaus-Jürgen?« meinte ich leise.

»Ach«, antwortete Will wie immer, »der ist doch längst über alle Berge.«

DIE NACHT, IN DER DIE KELLNERIN VERSCHWAND

Dann kam die Nacht, in der sich Maritta in Luft auflöste. Ich hatte Will ein paar Tage lang nicht mehr gesehen. Er war wieder mit ihr zusammen gewesen; und an diesem Nachmittag hatten sie erst miteinander getanzt, zu lauter Musik aus dem Radio in ihrer Pension, in der Mansarde unterm Dach.

Sie tanzten plump und Leib an Leib.
Sie schüttelten die Beine.
Musik – bei diesem Zeitvertreib
war niemand gern alleine.

Das Lied war laut. McCartney sang
von Liebe, Sonne, Süden.
Doch bald ließ seiner Stimme Klang,
die Tanzenden ermüden.

Will Eppstein nahm Marittas Hand
und küßte sanft die Finger.
Dann fuhr sein Arm ins Möpseland
und fühlte ihre Dinger.

Zwei weiche Brüste tanzten mit
der Kellnerin im Zimmer.
Will Eppstein hielt melodisch Schritt,
so machte er das immer.

Der Knopf riß ab. Das Kleid zersprang
durch Eppsteins harte Klauen.
Sie stöhnte auf, sekundenlang.
Um ihn dann anzuschauen.

Mit einem Kuß und Gänsehaut
ging er sogleich zur Sache.
Er trug sie ächzend auf ihr Bett
unter dem schrägen Dache.

Ein Griff zum Gurt. Die Hose fiel.
Dann kamen Socken und das Hemd.
Erfahrung hatte Will ja viel.
Er war jetzt völlig ungehemmt.

Er spürte Eppstein, seinen Freund,
von seinen Beinen absteh'n.
Er hatte diese Frau ganz gern,
das konnte man ihm anseh'n.

Sie spürte seine weiche Haut;
die Stoppeln kratzten leise.
Sie kicherte und stöhnte laut
auf eine schöne Weise.

Schwer legte er sich auf sie drauf.
Sie seufzte, stöhnte, lachte.
So nahm die Liebe ihren Lauf;
viel schneller, als er dachte.

Er streichelte sanft ihre Brust
und drang nun in sie ein.
Sie stöhnte auf; vor lauter Lust
nie mehr allein zu sein.

McCartney sang sein altes Lied
von Süden, Sonne, Liebe.
Sie spürte Eppsteins Männerglied
und wünschte, daß es bliebe.

Ein lautes Seufzen war zu hör'n,
und auch ein ruhiges Stöhnen.
Das machte Eppstein wirklich gern:
Die Frauen so verwöhnen.

Zu guter Letzt, es war schon zwei,
erschlaffte auch der Dödel.
Sie machten sich Karottenbrei,
und dazu gab's dann Knödel.

Zuvor jedoch, da lagen sie
im Bett und sprachen leise
von ihm und ihr und er und sie,
und von der weiten Reise.

Aufs Festland, ach, ins Paradies,
aufs Festland woll'n wir ziehen!
Da fängt ein neues Leben an,
es dauert jetzt auch nicht mehr lang.
Aufs Festland woll'n wir ziehen!

Es gibt ein Land am Horizont.
noch keiner hat's gesehen.
Es ist von Menschen reich bewohnt,
die uns so gut verstehen.

Da wohnt man gut, in Saus und Braus,
und trinkt aus gold'nen Krügen.
Man ist im Billig-Land zuhaus
und meist nur rum am Liegen.

Es ist ein schöner Platz voll Glück,
voll Frieden und voll Sterne.
Was man verleiht, kriegt man zurück,
und sehnt sich nie nach Ferne.

*

Will hatte sich gegen fünfzehn Uhr verabschiedet und war – die Wirtin hatte mit ihren knochigen, katholischen Fäusten an die Tür getrommelt – zum Anleger der Fähre zurückgegangen. Und kaum daß er außer Hörweite war, hatte er begonnen, die Hausbesitzerin mit derben Worten zu beschimpfen, mit den Schuhen Schnee aufzuwirbeln und sich vorzunehmen, demnächst ordentlich auf den Tisch zu hauen.

Als er am Morgen darauf an Marittas Tür klopfte und

niemand antwortete, brach er die Tür auf. Das Zimmer war ordentlich aufgeräumt, aber ihr Bett war unbenutzt, und es sah nicht so aus, als ob in den letzten Stunden jemand darin geschlafen hatte.

Will suchte sie überall, im Haus und auf der Straße; schließlich bat er Batschik um Hilfe.

Maritta mußte das Haus gegen zehn Uhr abends verlassen haben.

Seitdem war sie verschwunden.

Batschik wußte nicht, daß Eppstein schon seit Wochen keinen Kontakt mehr mit seinen Vorgesetzten gehabt hatte, und hielt ihn immer noch für einen großen, zaubermächtigen Polizisten. Darum ließ er nichts unversucht, um Maritta zu finden. Er plante eine großangelegte Flugblatt-Aktion, von der Will ihn im letzten Augenblick abbringen konnte, und erst sein Vorschlag, sich der Bereitschaftspolizei vom Festland zu bedienen, fand Anklang.

»Eine gute Idee«, lobte ich ihn.

Er grunzte nur verächtlich.

*

Gegen Mittag stieß eine schwere Messerschmitt ihre Räder in den Schnee der Badedüne, rollte schleudernd weiter und bremste mit heulenden Propellern. Ein Mann in einer grünen, unbequemen Uniform stieg aus. An einer Leine zog er einen großen, finsteren Hund hinter sich her.

Es war das erstemal, daß hier, mitten auf der Hochsee, ein solches Tier gesichtet wurde.

Und was für ein Kawenzmann!

Als Will ihm einen von Marittas Schuhen wie ein Stück

Wurst vor die Nase hielt, schnüffelte der Hund erst wehleidig daran herum, um sich dann schnurstracks auf den Weg zu machen. Er riß den Beamten hinter sich her; Eppstein und ich warfen uns in unsere Mäntel und liefen ihm nach in den eisigen Tag.

Der Hund rannte, sein Herrchen an einem meterlangen Lederband hinter sich herziehend, quer durch den Ort, tapste hechelnd die Treppen zum Oberland empor und trat dabei seine Pfoten in den Schnee.

»Sie können ihn laufen lassen!« rief Will. »Er kann nicht abhauen, die Insel ist zu klein!«

Der Beamte hielt an, löste einen Karabinerhaken und gab dem Tier einen Klaps.

»Lauf, Dodger!«

Der Hund zog los und raste, die Nase ständig am Boden, die Straße hoch.

Erst an einem Fahnenmast hielt er und schaute uns an. »Wau, wau, wau!«

»Er will uns was zeigen!« meinte Will erschüttert.

Der Hundeführer nickte.

Als wir am Felsrand angekommen waren, blies uns ein scharfer Wind entgegen. Dodger winselte, spähte ab und zu über die Steine und begann abermals laut zu bellen.

Will drängte sich an den Rand. Die Drähte des Geländers begannen ein gefährliches Lied zu singen.

»Maritta!« rief er. Und wieder: »Maritta!«

Ich nahm ein Fernglas und begann die Gegend abzusuchen.

Dann packte ich ihn am Arm.

»Da unten liegt sie.«

Mit wehenden Mänteln liefen Batschik und ich den

Weg zurück, um von der Unterseite des steinigen Landes aus an sie heranzukommen.

Als wir das erfrorene Bündel erreicht hatten, hing Will bereits mit beiden Füßen in der Wand und versuchte, die dreißig Meter im brüchigen Stein in seinen billigen Turnschuhen hinunterzuklettern.

»Sie lebt!« schrie ich. »Bleib oben, sie lebt.«

EIN STÜCK LEDER IM REGEN

Im Krankenhaus hielt Eppstein ihre Hand, und ein paar Minuten später fielen Tränen aus seinen Augen auf das Bett, das mit Wärmflaschen vollgepackt war. Ein dickes, weißes Gipsbein ragte unter der Decke hervor.

»Sie hat Glück gehabt«, murmelte eine Stimme neben ihm. Sie gehörte dem Arzt der Paracelsus-Klinik, der sie untersucht und behandelt hatte. »Außer einer Unterkühlung und dem Bein ist alles in Ordnung. Wenn sie länger da gelegen hätte, wäre sie erfroren. Ich denke, Sie wollen jetzt mit ihr allein sein.«

Blaß und schwach sah Maritta in Wills Gesicht, als er ihr über die Wangen strich und ihre Hand drückte. »Will!« sagte sie leise. »Du guter, alter Eppstein. Du bist hier? Hast du mich gefunden?«

»Was ist passiert, Mausi?« fragte er rauh.

»Ich bin... ausgerutscht!« meinte sie stockend. »Es war so glatt, ich wollte spazieren, und dann, dann bin ich im Schnee ausgerutscht. Die Felsen! Mein Gott, bin ich da ganz runter gestürzt?«

»Du hast Glück gehabt«, entgegnete Will lächelnd. »Und ich auch.«

Maritta nickte blaß. »Und da war noch was.«

»Was denn? Ich bin froh, daß du lebst.«

»Als ich im Schnee lag und fürchtete, daß mich jeden Moment eine Welle fortreißen könnte – da hab ich ganz weit oben, am Rand der Felsen, ein Licht gesehen. Jemand stand dort, Will.«

»Ein Spaziergänger, der rauchte«, meinte er leise.

Maritta schüttelte den Kopf.

Es tat weh, und sie verzog ihr Gesicht.

»Nein, Eppstein«, antwortete sie, »das war keine Zigarette. Es war eine Taschenlampe. Sie leuchtete auf und ab, auf und ab.«

»Zufall«, sagte er. »Aber warum hast nicht um Hilfe gerufen?«

»Ich hab's versucht, aber… meine Stimme war weg. Und dann wurde etwas heruntergeworfen. Ich dachte erst an ein Seil, aber es war doch keins. Ich hab's aufgehoben.«

»Was war es denn?« fragte Eppstein.

Ich räusperte mich, griff in die Manteltasche und reichte ihm das, was ich vor Stunden ihrer Hand entwunden hatte.

Es war die Brieftasche von Waldemar Jastremski.

*

Als er den Zettel gefunden hatten, der zwischen den Papieren und Geldscheinen steckte, ließ Will erschüttert den Kopf sinken. »Das ist Klaus-Jürgens Handschrift«, stieß er hervor. »Er hat Klaus-Jürgen… gekannt?«

Dann las er, was Klaus-Jürgen geschrieben hatte, und ließ sich auf den Stuhl im Warteraum der Klinik fallen. Eine Sorgenfalte stand auf seiner Stirn, und mit fahrigen Bewegungen kramte er in seiner Hemdtasche nach einer Zigarette, um sie in seinen Mund zu stecken und hastig anzuzünden.

»Eine Frau steckt dahinter. Eine von der Insel«, sagte er dann. »Eine Eingeborene. Wer hätte das gedacht.«

*

Kurz bevor Dodger wieder in das Flugzeug stieg, machte er sich mit Jastremskis Brieftasche vor der Nase erneut auf den Weg. Der Hund schlich durch die Gassen, aber diesmal wirkte er unkonzentriert. Schließlich blieb er winselnd vor einer Telefonzelle stehen und jaulte laut auf.

»Fingerabdrücke nehmen!« befahl Will.

Batschik präparierte die Zelle zehn Minuten lang mit einem grauen Pulver. Mit einem Pinsel bestrich er den Hörer, die Scheiben, die Tasten des Telefons und sogar die zerfledderten, nach nassem Müll stinkenden Telefonbücher.

»Ich kann auch Abdrücke von den Münzen nehmen«, schlug er vor, »aber viel brauchbare Griffelprofile hab ich nicht. Soll ich die zum Festland schicken?«

Es war der katholische Geistliche, der Eppstein kurze Zeit darauf vor den Treppen zum Oberland ansprach.

»Ich hörte, was geschehen ist«, trug er vor und faltete die Hände. »Herr, es tut mir wirklich leid. Unfälle sind Prüfungen des Lebens, aber ich hoffe, die junge Frau hat es überstanden. Vielleicht sieht man Sie ja in der Messe,

Eppstein; schließlich hat auch der Herr die Finger mit im Spiel gehabt.«

»Vielleicht.«

»Sie sollten ihm danken; spätestens dann, wenn Sie ihn sehen.«

»Ich sehe, Sie sind ein Mann des Wortes«, sagte Will. »Ich kann mir vorstellen, daß Sie ein guter Prediger sind.«

»Ich habe ein wenig Talent.« Der Pfarrer senkte bescheiden den Kopf. »In der Tat, ich glaube, ich kann das Wort des Herrn ganz gut verkünden. Ich hatte ja in Paderborn ein paar Semester Rhetorik belegt, bei Professor Holzmann.«

»Haben Sie viel Zulauf?« fragte ich.

»Ich kann nicht klagen. Es ist oft schwer, mit den Menschen hier zu reden, so störrisch und so widerborstig, wie sie manchmal sind. Aber ich habe mir mein Ziel gesetzt, das werde ich erreichen.«

»Was für ein Ziel?«

»Ich will diese Insel missionieren, und ich werde es schaffen. Schließlich habe ich von Rom direkt den Auftrag erhalten, hier das Wort Gottes zu verkünden.«

»Dann mal los.«

»Ich habe Zeit. Anfänge sind gemacht, die Gemeinde ist nicht groß, doch sie gedeiht, weil, wenn Sie es genau betrachten, Gott überall zu sehen ist. Er ist auch hier zu spüren, auf diesem schönen Flecken Erde voller netter Leute.«

»Nette Leute?«

»Zugegeben, ein paar schwarze Schafe sind darunter, doch im Grunde sind alle herzensgut.«

»Nicht alle«, antwortete Will bitter. »Einer von ihnen ist ein schlimmer Finger.«

»Ja? Wer?«

»Ich suche eine Frau.«

Der Pfarrer grinste. »Dann will ich Sie nicht aufhalten.«

»Keine gewöhnliche Frau. Ein Wesen, das kaltblütig Seelen ausbläst. Herr Pfarrer, wir wissen, daß der Mörder eine Helgoländerin ist.«

Der Pfarrer blieb stehen, legte den Finger an sein Kinn und dachte nach.

Schließlich nickte er betreten. »Sie sind auf der richtigen Spur. Mehr kann ich nicht sagen, Beichtgeheimnis. Es ist nicht lange her, da kam sie zu mir. Sie brauchte jemanden, der ihr in großer Not ein offenes Ohr schenkte und mit dem sie sich aussprechen konnte. So habe ich alles erfahren – auch die Geschichte von den beiden Männern, die nun tot sind. Und dann...«

»Dann?«

»Dann hat sie sich mit Vorwürfen überschüttet, weil ihre größte Sorge war, daß Gott ihr nicht verzeiht. Es tut mir leid, aber mehr kann ich Ihnen nicht verraten.«

»Und? Hat Gott ihr vergeben? Oder ist das auch ein Betriebsgeheimnis?«

Er zuckte mit den Schultern. »Das muß er Ihnen selber sagen.«

Will sah ihm nach und schob sich eine Selbstgedrehte zwischen die Lippen.

»Die Frau ist religiös und weinerlich«, sagte er, als der Geistliche im Fahrstuhl zum Oberland verschwunden war. »Wenn sie gebeichtet hat, hat das alle Schuldgefühle von ihr genommen. Schade. Sie muß sich jetzt sehr sicher fühlen. Max, geh ihm mal nach. Vielleicht bringt uns das einen Schritt weiter.«

*

Ich kam auf dem Oberland an und sah, wie sich der Pfarrer auf den Weg durch das verschneite Dorf machte. Ich folgte ihm durch spiegelglatte Straßen und sah, wie er in seinem Tempel verschwand und die Tür zuzog. Von drinnen hörte ich Stimmen, und es schien, als würde der Kirchenmann ein Selbstgespräch führen; dann begriff ich, daß er telefonierte, aber ich konnte kein Wort verstehen.

Fünf Minuten später kam der Pfarrer wieder heraus. Er trug ein schmales, braunes Gebetbuch unterm Arm und stapfte durch den Schnee auf die Gemeindehalle zu, in der die Insulanerinnen jeden Samstag ihre schauderhaften Bauch- und Inseltänze einstudierten.

So etwa mußte es wohl ausgesehen haben, als vor vielen hundert Jahren Knecht Ruprecht um den 6. Dezember herum unterwegs gewesen war – ein grimmiger Mann in grimmiger Nacht, den Kopf voll von Wahn, Schuld und Strafe.

Ich sah, wie er im Eingang zur Turnhalle verschwand.

Und wenn man dem Zettel an ihrer Tür glaubte, war es eine Gruppe von Alkoholkranken, die sich heute hier zur Gesprächsrunde versammelt hatten.

Der Raum war bis zum Rand mit Menschen gefüllt. Sie standen dicht gedrängt und bunt durcheinander; ein Ofen bullerte, und es war so warm, daß Rollkragenträger sich wie im Fegefeuer vorkommen mußten.

Vor ein paar Reihen von Tischen und Stühlen, an denen Männer mit roten Nasen saßen, war eine Bühne aufgebaut; als ich eintrat, stand dort der Pfarrer und hatte gerade milde seine Hand erhoben.

Das Gebetbuch lag vor ihm auf einem Pult, und er begann mit leiser Stimme eine Rede zu halten, die von seinen Zuhörern unbeteiligt aufgenommen wurde.

»Brüder und Schwestern, liebe Gemeinde«, murmelte er. »Ich habe vorhin mit einem Mann gesprochen, der hier, auch hier, an diesem Ort, nach jemandem sucht, der, will ich mal sagen, schwere Verfehlungen begangen hat. Gewissermaßen ist es so, daß manchmal, auch wenn ich als Pfarrer dieser wirklich schönen Insel hier –«

»Was hat er getan?« rief eine Stimme dazwischen. »Ist es wieder wegen den Pornofilmen?«

Der Pfarrer schüttelte den Kopf. »Quasi ist das so, ein Mitglied unserer Gemeinde, nun, da ist also jemand zu mir gekommen und hat nach ziemlich langer Beichte dann gefragt, ob ihm der Herr verzeihen kann. Der Herr, das ist ja Gott. Da ist also einer ziemlich vom Weg abgekommen, und ich meine, vielleicht ist das alles ein Gleichnis. So etwas gibt's, und es kann sein, daß vielleicht der eine oder andere hier auch mal kommen und beichten will, taufen tun wir auch…«

»Mach Pause, schwarzer Sack!« brüllte eine Frau mit wirrem Haar dazwischen, die ich unschwer als Marittas Pensionswirtin erkannte. »Wir wollen endlich saufen! Saufen, saufen!«

In diesem Augenblick entdeckte der Pfarrer ein Mikrofon, das vor ihm aufgebaut war. Er klopfte ein paarmal dagegen.

»Also«, setzte er mit Hall seine Predigt fort, »ich meine, wir müssen keine Werbung machen. Kirche, wenn ich so sagen darf, ist mehr als Beten und Knien und letzte Ölung, machen wir ja alles, die Sterbesakramente. Wenn ihr wollt, kann ich was ändern an der Messe, wir sind ja für alles offen.«

»Was denn?«

»Wenn ihr mal was habt oder euch geht's einfach nicht gut, ich meine... ich bin immer da, das wißt ihr ja; jetzt hau bloß ab!« wies er den betrunkenen Bürgermeister von sich, der ihn am Bein gepackt hatte und ihn von der Bühne zu zerren versuchte. »Also dann gut, Amen!« rief er schließlich lahm und klatschte unbeholfen die Hände zusammen. »Ich meine, wir wollen feiern, da können wir ja mit unserem Lied anfangen, dem von Ilja Rogoff!«

Und laut begannen die Anwesenden zu singen.

Der wurde achtzig Jahre alt
und fiel verschmitzt vom Dach.
Sein Slibowitz war warm, nicht kalt.
Er trank ihn jeden Tag.

Man sagt, daß er vor seinem Tod
noch sechzig Kilo hob.

Nicht mit der Hand, nicht mit dem Arm,
mit seinem Teleskop, hoho,
mit seinem Teleskop.

»Die sehen gar nicht wie Anonyme Alkoholiker aus«, sagte ich leise.

»Stimmt«, meinte eine Stimme neben mir. Sie gehörte einer alten Dame, die eine Mütze auf dem Kopf hatte, die aussah wie eine umhäkelte Klorolle. »Die Anonymen kommen morgen. Das ist der Bowlingclub.«

*

»Der Mann kann also nichts für sich behalten«, meinte Will, nachdem ich ihm davon erzählt hatte, »pfarrermäßig ist das eine glatte Fünf. Aber immerhin weiß jetzt ganz Helgoland, daß einer Dreck am Stecken hat. Mal sehen, was passiert«, zitierte er Hunderte von Physikern und Chemikern vor ihren Experimenten, »ich denke, der Pfarrer ist verstanden worden. Vielleicht kommt nachher die schöne Unbekannte und murkst ihn ab.«

»Kann sein.«

»Ja, Pfarrer sind für weibliche Reize besonders empfänglich, das siehst du an den evangelischen. Wenn die verheiratet sind, haben sie 'nen ganzen Stall voll Kinder. Die rammeln wie die Hasen bei Hochwasser.«

»Ja.«

»Vielleicht wird's eine heiße Nacht für unseren schwarzen Mann. Scheint fast, als ob heute nacht noch was passiert.«

WINTERNACHT

Frierend und mit im Mantel eingezogenen Armen stapfte Will durch den Schnee, der sacht vom Himmel fiel und ihm ein weißes Tuch auf die Schultern legte, so, wie er es schon vor Millionen und Abermillionen von Jahren, als die Schrägstellung der Erdachse unser Klima zum erstenmal beeinflußt hatte, getan hatte und heute immer noch tut.

Ein Heulen und Pfeifen klang aus allen Richtungen durch die Welt; das war der frische Wind, der uns vom Meer aus anwehte und auf den rostigen, nachlässig in den Boden einbetonierten Pfeilern der Drahtzäune schaurig Orgel spielte.

Hoch über ihm strich der Wischfinger des Leuchtturms übers Meer. Man glaubte fast zu hören, wie sein Licht auf die Wolken fiel, die über den Wogen dahinzogen; doch es war nur der Sturm, der laut zwischen den Häusern, den Steinen, den Gräsern und Bergen von Schnee sein »Huhu!« sang.

Die Badezimmerlichter auf dem Unterland, sie gingen an und bald wieder aus.

In Badezimmern hielten sich Menschen niemals lange auf. Auch auf Helgoland wurden sanitäre Räume immer nur kurz und zweckmäßig benutzt; dort putzte man sich die Gesichter und fuhr mit Bürsten voll weißem Schaum an den Zähnen entlang und trocknete sich dann frierend ab, bevor man rasch ins Bett sprang, sich die Decke über den Kopf zog und behaglich in die Kissen kuschelte.

Nur in den Kneipen war noch Leben, Lichter glommen. Kutschenlampen schienen auf Koteletts und Heilbutt, auf Jever-Pilsener und Spielkarten, auf harte Drinks und fahle, verbrauchte Damen, die dort an den Theken lehnten und Kette rauchten. Auch die Zahlen in den Geldspielautomaten drehten sich, doch sogar das kam bald zur Ruhe.

Mit einer Thermoskanne Tee mit Rum und einer Dose voll belegter Brote standen Will und ich da und sprachen über die grimmige Kälte.

Wir redeten noch eine Weile und verstummten schließlich, um schweigend auf und ab zu gehen und vom Oberland aus auf die dunkle, weite See zu schauen.

BESUHUCH!

Es war gegen zwei Uhr nachts, als der Mond den Dunst beiseite schob und ein prächtiges Bild beschien. Draußen vor der Insel glänzte das Wasser bis zum Horizont in silbernem Schein. Der Schnee hatte das Geröll in weiße Watte gehüllt, und still zogen die Wolken darüber hin. Weit draußen auf dem Ozean sahen wir Punkte; es waren die Lichter kleiner Handelsschiffe, die in der Nacht noch unterwegs waren. Der Wind blies Schneekristalle durch die Dunkelheit; und so standen wir da, schauten weit hinter die fernen Satelliten in die Nacht und hingen unseren Gedanken nach.

Dann sah ich unter uns einen Schatten. Es war ein Mensch, der auf dem Unterland die schummrige Fußgängerzone entlanglief; ein Mensch, der es eilig hatte und sich mit raschen Schritten auf die Treppe zubewegte. Ich konnte nicht erkennen, ob es ein Mann oder eine Frau war, denn er steckte in einem langen Trenchcoat und hielt sein Gesicht unter einem dicken Schal verborgen.

Wir handelten, ohne ein Wort miteinander zu wechseln. Ich ging zur Treppe, sprang über das Geländer in den Schnee und duckte mich hinter ein paar erfrorenen Hagebuttenbüschen. Von dort aus beobachtete ich, wie Will erst ziellos und unsicher auf und ab lief, sich aber letztlich rasch und ruhig umsah und hinter einer Häuserecke verschwand. Wenn seine Rechnung aufging, kriegte der Pfarrer Besuch. Und wenn wir Glück hatten, war es sogar eine Frau.

Schritte knirschten auf dem Schnee.

Ein dunkler Stoffhaufen, aus dem weiß der Atem hing, kam auf mich zu, bog ab und stieg mit schwerem Schritt weiter die Treppe hoch. Er lief an der Apotheke und einem Flaschenladen vorbei und kam in die verschneite, nur vom gelben Funzeln einer Straßenlaterne beleuchtete Straße am Kirchturm. Ich sah auf die Turmuhr. Es war kurz vor drei.

Der Mond ließ Licht vom Himmel rieseln, und ich sah, wie die Gestalt über den verschneiten Rasen zum Pfarrhaus ging und klingelte.

In seinen Mauern blieb es dunkel, doch es verging keine Minute, bis der Hausherr in der Tür erschien, mit einer Taschenlampe in der Hand. Der Pfarrer hatte sich nach der Feier des Bowlingclubs umgezogen und trug nun einen himmelblauen Jogginganzug und ein Handtuch über der Schulter. Er schien mit Besuch gerechnet zu haben, denn er ließ seinen Gast ohne weitere Worte eintreten.

Dann blickte er mit offenem Mund eine Weile in die Nacht hinaus, bevor er leise die Tür schloß.

*

Als kurz darauf im Haus das Licht aufflammte und die Rolladen krachend heruntergelassen wurden, trat Will, der sich in der Dunkelheit wie eine verfressene Perserkatze bewegt hatte, an die Hauswand und stapfte auf die Tür zu.

Als hätte er damit gerechnet, ließ sich der Geistliche Zeit und öffnete erst nach langem Klingeln. Will schob ihn zur Seite und schüttelte sich den Schnee vom Mantel, während ich hinter ihm ins Licht trat.

»Sind Sie allein?« knurrte er .

»Bei mir ist keines Menschen Seele. Herr, ich bin wirklich einsam«, erwiderte der Klerikale schwach; es sollte friedvoll klingen. Ich zückte meinen Revolver und lief die Stufen zum ersten Stock hoch.

»Jetzt wollen wir uns unterhalten«, meinte Will währenddessen. »Machen Sie Kaffee, wir waren die ganze Nacht draußen.«

Der Pfarrer nickte. Er hatte in seiner Ausbildung, als er noch als kleiner Lehrling bei einem noch kleineren Kaplan ausgeholfen hatte, oft genug Schauermärchen von Leuten gehört, die nachts ans Pfarrhaus klopften und Priestern an die Soutane wollten. Was er von Will halten sollte, wußte er nicht. Klar, er war Vertreter einer Obrigkeit; der Obrigkeit, zu der sich auch der Pfarrer zählte. Doch reichte dies als Gemeinsamkeit aus, um ihm vertrauen zu können? Konnte er überhaupt jemandem trauen?

Will folgte dem Pfarrer, der in Hausschuhen in die Küche vorausging. Was er dort sah, fuhr ihm durch Mark und Bein: denn auf einer Spitzendecke stand noch ein großer Wasserkessel, ein Porzellanbehälter voll Kandiszucker und zwei Tassen, in denen immer noch ein Rest vom stark gesüßten Ostfriesentee seines Besuchers dampfte und schwappte.

»Zwei Tassen?« meinte Will. »Sie haben Besuch, Pfarrer?«

»Hatte! Ich hatte Besuch!« korrigierte der Pfarrer.

»Wen?«

»Kein Kommentar.«

»Mein Lieber«, antwortete Will und nahm eine der Tassen, »ich könnte hiervon Flossenabdrücke nehmen und das ganze Haus nach Pfotenspuren untersuchen. Mich legen sie nicht rein. Geben Sie schon zu, daß jemand hier war.«

»Ja und?« erwiderte der Pfarrer ruhig, »Herr, ich bin Geistlicher; geistlicher als Sie jedenfalls. Lasset die Kindlein zu mir kommen, so lauten die Worte des Herrn. Jeder kann mich aufsuchen, wenn ihm der Dings, der Sinn danach steht.«

»Wo ist ihr Gast?«

»Zur Hintertür raus.«

Ich öffnete die Türe an der Rückseite des Pfarrhauses und ging hinaus in die Nacht, die eisig und sternenklar über mir stand.

Drinnen in der Küche schüttelte ich den Kopf. »Der ist über alle Berge.«

Aber ich hatte Will nicht die Wahrheit gesagt.

Während wir vor dem Fenster standen, hatte es geschneit. Und wer auch immer durch die Hintertür geflitzt war, mußte Spuren hinterlassen haben.

Aber da war nichts gewesen; nur das weiße Tuch des Pulverschnees.

TIEF IM BUNKER

Am nächsten Tag, als Will Maritta besuchte und mit ihr, trotz des hinderlichen Gipsbeins, halbnackt im Bett lag, meldete sich plötzlich sein Vorgesetzter. Maritta hob ab und reichte ihm den Hörer, wobei der Schein der Morgensonne auf ihr Haar fiel.

»Sagen Sie mal, wo haben Sie gesteckt?« knurrte mit tiefer Stimme ein erzürnter Hauptkommissar laut in Wills Ohr. »Eppstein, ich bin menschlich enttäuscht von Ihnen! Ich erwarte, daß der Fall noch diese Woche abgeschlossen wird. Sie kosten den Staat schon viel zu lange Geld!«

»Wir sind auf uns allein gestellt«, antwortete Will und fuhr sich durch die krausen Haare. »Noch ein, zwei Tage und wir haben den Täter.«

Sein Vorgesetzter schwieg.

»Können Sie das versprechen?« brummte er schließlich.

»Jawohl. Wir legen ihn gefesselt und geknebelt auf Ihren Schreibtisch.«

»Also, ich verlaß mich drauf«, erwiderte er und hängte wortlos ein.

*

»Rupa hat angerufen. Wir sind wieder im Geschäft«, meinte Will strahlend, als wir später durch das Dorf gingen und einen Mann namens Lüders aus dem Tiefschlaf klingelten, den er in seinem weichen Bett verbracht hatte.

Lüders, vermutlich hieß er mit Vornamen Norbert, war hier geboren und besonders stolz darauf. Er war ein Realschullehrer, der die Vierzig gerade überschritten und nach kurzer Krise energisch ein Hobby ergriffen hatte, dem er seitdem erbittert nachging.

Lüders' Passion war es, den Touristen die Geschichte des Eilands darzulegen. Darum lotste und schubste er sie im Sommer immer wieder durch die Gänge und Tunnel, die den Felsen wie einen Käse durchnagt hatten. Er trug dabei stets seinen gelben Anorak, unter dem sich das Muster einer Strickjacke abzeichnete, und fing seinen Vortrag meist am Rathausplatz an.

Auch als wir unterwegs waren, baute er sich dort professionell auf, sah uns wie Schülerschafe an und ließ dann ein nicht ernst gemeintes Strahlen, das er von Michael Schanze aus dem Fernsehen geliehen hatte, freundlich über sein Gesicht gleiten.

Schließlich begann er zu sprechen. Ein leiernder Singsang, an tausend Tagen wohlerprobt, klang aus ihm heraus. Stets waren die Touristen zufrieden gewesen, nie hatte sich jemand darüber beschwert, wie Lüders redete, und wahrscheinlich hatte er keine Ahnung, wie er sich anhörte.

»Wollen wir mal die Unterwelt anschauen, was? Mein Name ist Lüders, Bunkerführer Lüders! Was Sie sehen werden, war früher streng geheim. Ich bitte um Stillschweigen während der Führung. Feind hört mit, kann man gewissermaßen sagen. Vielleicht hat ja nicht jeder von Ihnen gedient. Gibt ja Verweigerer heutzutage. Marsch marsch, die Beine in die Hand! Und ab in das, was damals Deckung hieß.«

»Der tickt doch nicht richtig«, flüsterte Will. »Das ist ja ein erbärmliches Schauspiel! Ich wollt, ich wär weit weg von hier, in einem anderen Land beim Bier.«

»So, meine Herren, das alles hier«, fuhr Lüders währenddessen fort, »ist eigentlich niemals richtig deutsch gewesen! Umschauen! Helgoland war früher: erstens dänisch. Von sturen Dänen besetzt! Zweitens: englisch. Und dann?«

»Deutsch«, antwortete Will.

»Richtig! Hefte raus, mitschreiben: Diese Insel hier war ein Stück England. Dann kam der Kaiser und tauschte sie gegen Sansibar ein.«

»Ist das nicht diese schöne, warme Insel im Pazifik?« fragte ich ruhig.

Er nickte.

»Richtig! Sansibar war früher deutsch. Kann nur froh sein, daß das vorbei ist! Lauter Palmen, Dreck und Ungeziefer! Waren Sie jemals auf Sansibar?«

Will schüttelte den Kopf.

»Eben«, nickte Lüders. »Keiner will dahin! Kann mir nicht vorstellen, daß es da schöner ist als hier! Aber der Hauptgrund für den Tausch damals war: Sansibar war weiter weg von Berlin! Da konnte man getrost drauf verzichten!«

»Wenn wir Sansibar behalten hätten, gäbe es jetzt ein warmes Land, in dem man deutsch spricht«, warf Will ein; doch Lüders grunzte nur verächtlich.

»Blödsinn! Auf Sansibar gibt's Neger! Glauben Sie, daß jemand von denen richtig deutsch lernt? Faul, braun und verfressen. Ich bin froh, zu Deutschland zu gehören! Obwohl...« Er machte eine wegwerfende Handbewegung, bevor er fortfuhr:

»Neunzehnhundertzehn: Kaiser Wilhelm besucht Helgoland und das Heilbad, das dazugehört. Jubelnd empfängt ihn die Bevölkerung und hofft auf bessere Zeiten. Fehler!«

»Ja?«

»Ja. In den nächsten Jahren: Ausbau der Insel zum Kriegshafen! Aufbau von großen Mauern aus Beton und Zement. Hochseearchitekten gestalten die Düne um! Hochinteressante Zeit für die Leute hier! Wir haben das ertragen, wie's so unsere Art ist. Wir wissen ja: Die Herren kommen, die Herren gehen auch wieder!«

»Ja«, antwortete Will.

»Und nach dem Kaiser kam der größte Feldherr aller Zeiten!«

Lüders ließ sich die Kunstpause auf der Zunge zergehen.

»Der machte das Eiland zur größten und militärisch perfektesten Seefestung der Welt! Aus dieser Zeit stammen die Bunker. Über fünftausend Betten, meine Herren, standen damals hier zehn Jahre lang bereit, um über zwanzigtausend Männer aufzunehmen! Kann man sich das heute noch vorstellen?«

»Ja.«

»Nein! Der ganze Hafen war ein Kriegshafen! Bis da drüben, wo sich die Welle überschlägt, war er ausgebaut! Das war den Engländern natürlich ein furchtbarer Dorn im Auge! Eines schönen Tages kamen sie. Was geschah damals?«

»Können wir jetzt losgehen?« fiel ihm Will ins Wort. »Sind Sie fertig?«

Lüders unterbrach seinen Vortrag und verstummte. Mit beleidigter Miene führte er uns auf die Treppenstufen im Fels zu.

»Meine Herren, Mumm ist in den müden Knochen«, brummte er schließlich. »Sie müssen jetzt 168 Stufen zum Oberland hochsteigen!«

»Haben wir schon oft gemacht. Wir sind seit Wochen hier«, antwortete Will gereizt.

»Wer will, kann Aufzug fahren«, fuhr Lüders verächtlich fort und wies noch auf den Leuchtturm hin, der als einziges Gebäude Helgolands die Angriffe im Krieg überstanden hatte.

Es war nicht das letztemal, das wir die Geschichte dieser Insel zu hören bekamen. Insgesamt hörten wir sie dreizehnmal. Die Leute hier hatten nicht viel zu erzählen; doch das wenige, das sie hatten, banden sie einfach jedem auf die Nase.

Egal, ob er es hören wollte. Die meisten wollten es ja gar nicht hören; aber in dieser Hinsicht ließen die Eingeborenen nicht mit sich reden, sondern waren hart, kalt und unbeugsam wie die See. Unweit des Kirchturms mit seinem schindelverkleideten Dach, auf dessen Spitze sich ein Segelschiff drehte, blieben wir schließlich stehen; Lüders öffnete eine Tür, und so stiegen wir mit ihm, der eine rußende Petroleumlampe vorantrug, hinab in die Erde unter dem Dorf.

»Wie tief ist der Bunker?« rief Will.

»Über hundert Meter, meine Herren! Es war so: Man hatte den Felsen in den dreißiger Jahren ausgebaut! Aber heute? Das einzige, was von Hitlers großer, starker Seefestung übrigblieb, ist: erstens der Flugplatz auf der Badedüne, zweitens die Gänge im Berg. Der Rest ist kaputt! Warum?«

»Krieg.«

»Richtig! In einer Nacht wurde damals Angriff um Angriff geflogen! Alles, was hier gestanden hatte, wurde völlig zerstört; darum sehen wir so viele schöne Neubauten auf der Insel! Und wer wohnt dort? Dieselben Leute wie früher! Denn alle Bewohner haben damals hier im Bunker gesessen und die Bomben gezählt; alle bis auf die, die an der Front oder evakuiert waren! Und als sie am nächsten Morgen aus dem Schacht ans Licht krochen, war von unserer Ortschaft nicht viel übrig. Das ist der Grund, warum die Briten hier nicht besonders beliebt sind. Wir wollen keine Briten hier! Warum?«

»Ja, warum?«

»Sie haben eines schönen Tages, als der Krieg zu Ende war, versucht –«

»Hundert Meter tief?« unterbrach ihn Will.

Lüders nickte.

»Jawohl, so ist es. Von hier geht er zum Strand hinunter, wo die Steine härter werden! Und dann auch noch viel tiefer, aber niemand kann da hin! Sie wissen ja, der Bunker ist nicht ganz in Schuß; es gibt viele Teile, die gesperrt sind! Was ist das überhaupt für ein Name, Golding? Stammen Sie von Briten ab?«

Wir gingen durch Gänge, in denen Lichtschalter und Lampen wie in jedem deutschen Vorratskeller hingen.

Durchsichtige Schalen mit Drahtgestell, in denen Birnen glommen, und schwarze Schalter aus Bakelit. Wir passierten kleine Kammern, die vom Gang abzweigten; die Wände waren dick und weiß getüncht. Als wir an unserem Ziel angekommen waren, wies Lüders auf ein zugemauertes, einstmals enges Loch, das sich zu unserer Linken erstreckte.

»Können sie uns sagen, wo wir sind?« fragte Will.

»Unterhalb der Helgoländer Kirche.«

»Und der Gang hier?«

»Ist verschlossen und vermauert.«

»Wann wurde das gemacht?«

»Ich hab es schon gesagt. Sie hätten mitschreiben sollen. Ich sage es noch einmal: Vor vielen Jahren, nach dem Krieg!«

»Sie lügen uns nicht gerade an?«, fragte Will freundlich.

Lüders schüttelte den Kopf.

»Das wurde nach dem Krieg gemacht!«

»Und was ist das hier?«

Will hatte festgestellt, daß vor der Wand einige Brocken lagen, die wie frischer Mörtel aussahen; Mörtel, der aus den zusammengepreßten Backsteinen herausgebrochen war, die sich vor ihm in die Höhe stemmten.

Anklagend hob er einen Krümel davon hoch.

»Da hat jemand gute Arbeit gemacht!« stellte der Bunkerführer fest. »Ist was?«

»Keine vierundzwanzig Stunden alt. Hier ist was faul. Ich rufe Kiel an«, antwortete Will.

Es sollte drohend klingen; und wirklich, die Erwähnung der fernen, nur aus Steuerbescheiden und Strafsachen bekannten Landeshauptstadt verfehlte ihre Wirkung nicht.

»Wir arbeiten pausenlos daran, den Bunker in Betrieb zu halten«, antwortete Lüders wie aus der Pistole geschossen. »Sie haben recht – diese Mauer ist ganz frisch. Ich weiß nicht, ob jemand hier mit Kelle und Mischtrommel gearbeitet hat; es gibt viele freiwillige Helfer, die hier eigenständig Reparaturen machen. Ich habe keine Ahnung, wer's gewesen ist. Ich führe nur durch den Bunker; er gehört mir leider nicht!«

Will klopfte an die Wand. Sie klang hohl.

»Was ist dahinter für ein Raum?« fragte er leise. »Die Wickelstube?«

Lüders schüttelte den Kopf. »Fehler! Die war weiter hinten. Das hier war kein Raum, sondern ein Gang! Ein schöner, langer, teilweise zerbombter Gang.«

»Wo führte er hin?«

»Nach oben«, grinste Lüders und schwieg.

Er hatte jetzt den Dreh raus, sich dumm zu stellen, aber wir hatten genug erfahren.

*

»Jawohl, meine Herren, Sie haben recht. Die Helgoländer hatten zur Rettung der Kirche und der heiligen Schriften die Tunnel gegraben«, erklärte uns der Bürgermeister zwei Stunden später. »Er führte vom Keller des Pfarrhauses direkt in den Bunker.«

»Aber in der letzten Nacht wurde er zugemauert. Warum?«

»Na ja, der Krieg ist lange aus!« antwortete er und

drehte nachdenklich an einem Globus auf seinem Schreibtisch. »Kein Mensch braucht heute Bunker! Und unsere Insel ist nicht mehr für Supermächte interessant. Wir sind kein Ziel mehr, Gott sei Dank. Wir haben zwar die Bundeswehr, die mit Stationen und Antennen auf das Meer hinauslauscht, aber die Soldaten sind nur da, um Manöver zu bewachen, die vor unserer Küste spielen. Mit Radar und so, Sie wissen…«

»Und die Schlüssel zum Bunker?«

»Die haben fast alle. Damit man sie findet, falls mal was passiert.«

DER GROSSE ONKEL KOMMT

Gegen Mittag erschien ein grünweißer Hubschrauber am Himmel, kreiste wie eine gewaltige Hummel knatternd über der Badedüne, senkte sich gewichtig zu Boden und landete in einem heftigen Schneegestöber.

Zwei Männer in schwarzen Mänteln kletterten heraus, hielten ihre Hüte fest und zogen auf quietschenden Gepäckkarren Aktentaschen hinter sich her.

Hauptkommissar Rupa war gekommen, und mit ihm ein Beamter der Frankfurter Staatsanwaltschaft, der sich in den letzten Wochen mit Klaus-Jürgens Fall beschäftigt hatte.

*

Rupa führte seinen Begleiter durch die kleine Zollschranke, wies mit lauten Worten und ausgestrecktem

Arm auf den Weg zur Dünenfähre und stand schließlich Eppstein und mir gegenüber.

Wills Vorgesetzter war Mitte fünfzig, aber er sah viel älter aus. Er trug, außer seiner albernen Frisur, in seinem braungebrannten und schon von Kindesbeinen an faltigen Gesicht auch noch eine vergoldete, ovale Nickelbrille und sog schlechtgelaunt an einer Pfeife, die schlapp aus seinem Mund hing.

Als Will ihm die Hand geschüttelt hatte und Bericht erstattete, legte er die Stirn in prüfende Falten und stieß ein heftiges Grunzen aus, das von Kopfschütteln begleitet wurde. »Wie's scheint, sind wir im richtigen Moment gekommen«, erklärte er. »Hier, Vognant von der Staatsanwaltschaft! Er ist der Meinung, daß dieser Fall schon längst gelöst sein müßte. Es würde mich interessieren, was Sie dazu zu sagen haben!«

»Es ist ein komplizierter Fall«, begann Will und nahm beruhigt wahr, daß Vognant schon nach seinen ersten Worten verständnisvoll zu nicken begann. »Wir tun, was wir können, und kommen gut voran.«

»Zuallererst wollen wir uns diesen Pfarrer anschauen«, fiel ihm Rupa ins Wort; eine halbe Stunde später trafen wir den Geistlichen in seinem Garten, in dem er fröhlich singend mit einem Schieber den Schnee beiseite schaufelte.

»Guten Tag! Rupa ist mein Name!« rief ihm der Hauptkommissar zu.

Der Pfarrer ließ sein Werkzeug sinken und kam arglos näher.

»Mein Name ist Rupa, Hauptkommissar. Es geht um die Morde. Darf ich Ihnen ein paar Fragen stellen?«

Er nickte.

»Herr, Sie können es versuchen. Kann ich behilflich sein?«

»Ja. Indem Sie mir sagen, wie die Frau heißt, die neulich bei Ihnen war. Stichwort Beichte. Name und Adresse reichen.«

Der Pfarrer schüttelte bedauernd den Kopf.

»Nein, Herr. Meine Lippen sind versiegelt. Es ist schwer genug, das Vertrauen der Menschen hier zu gewinnen; ein Verstoß gegen das Beichtgeheimnis macht da alles zunichte. Und führe mich nicht in Versuchung! Das ist eine Sache zwischen Gott, ihr und mir.«

»Was ist Ihr Problem?« fragte Rupa. »Geld? Können sie fünfzig Mark brauchen? Mann, denken Sie mal, was Sie damit Gutes tun können!«

»Wenn Sie den Armen spenden wollen«, bekam er zur Antwort, »stehe ich gern zur Verfügung. Wenn Sie einen Geistlichen kaufen wollen, muß ich Ihnen leider mitteilen, daß ich nicht zu kaufen bin.«

Düster wandte sich Rupa ab und dachte nach. Schon auf dem Flug von Frankfurt nach Hamburg, dann mit dem Mercedes nach Bremerhaven, dann im Hubschrauber zur Insel war ihm ein Gedanke gekommen, der vielleicht ein Schlüssel zu den Ereignissen hier, dreißig Meter über dem Meer, sein konnte; und je länger er darüber nachdachte, um so schlüssiger erschien ihm die Idee.

»Satanismus«, grunzte er laut, »kann das sein, Vognant? Die Insel gehört nicht zur europäischen Union, und darum ist sie zoll- und mehrwertsteuerfrei. Das ist ein rechtsfreier Raum; möglich, daß gerade dieser Umstand jemand angelockt hat. Eppstein, ich erwarte Vorschläge. Ist es möglich, daß hier Teufelsanbeter hausen? Daß es sich bei diesen Todesfällen um Ritual- und Feme-Morde handelt?«

»Keine Ahnung.«

»Oder haben Sie mal überlegt, was aus den versunkenen Teilen der Insel geworden ist?«

»Nie davon gehört«, antwortete Will arglos.

Rupa blieb stehen. Wie ein König stand er in seinem grünen Lodenmantel auf der Straße und heftete stechende Blicke auf Will. Die Nickelbrille zitterte in seinem harten Gesicht.

»Ja, das sieht Ihnen ähnlich. Während Sie hier ihren Wonneleib gebadet haben, habe ich mich in der Stadt und im Archiv intensiv in Forschungen vergraben. Und wissen Sie, was ich festgestellt habe? Früher war Helgoland viel größer!«

»Ach so, das wissen wir schon. Nach dem Krieg haben die Engländer –«

»Nein, noch früher. Im Mittelalter war das hier ein Riesending. Da, wo jetzt das Meer schwappt« – Rupa wies auf die See hinaus, an deren Horizont der Schneesturm die Wellen weiß aufschäumen ließ – »war früher fruchtbares Weideland. Vor ein paar hundert Jahren ist in Sturmfluten dann alles versunken, und jetzt weiß man nicht, was noch alles da unten liegt.«

»Ach so.«

»Ja. Heidnische Kultstätten, Hünengräber groß wie Häuser, Speere, Runen und Druiden. Und das wäre nicht meine erste Erfahrung mit dem Satanismus. Vognant, hab ich Ihnen eigentlich schon mal erzählt, wie ich damals den Fall…«

Der Hauptkommissar sprach weiter; und während Will und ich uns flüsternd unterhielten, war es schließlich nur noch der Beamte Vognant, der ihm aufmerksam zuhörte und oft freundlich nickte.

DER BLICK IN ALTE ZEITEN

Der Bürgermeister machte eine einladende Handbewegung, bot Rupa und seinem Begleiter eine Stange Zigaretten an und orderte heißen Kaffee, der kurze Zeit darauf in dampfenden Tassen vor ihnen stand.

»Die Frage, die Sie gerade stellten, ist ja wirklich interessant«, meinte er. »Sie wollen wissen, ob etwas von damals hier gefunden wurde, aus den Zeiten, als die Insel Zentrum alter Kulte war. Und Sie fragen, ob es hier noch Heidenbräuche geben könnte.«

Er machte eine Pause, steckte eine brennende Filterzigarette in seinen Mund und ließ graue Wolkenfäden herausquellen.

»Leider muß ich Sie enttäuschen. Nach dem Krieg, so weiß man ja, wurde unsere kleine Insel Ziel und Übungsplatz der Bomber, die von London aus losflogen.«

»Ach.«

»So hofften ja die Engländer, mit ihrem weichen Keks im Tee, den ollen Lords, dem Königshaus und seinen gammeligen Earls, das Eiland doch noch klein zu kriegen. Zwar war unser Fels aus Stein, doch er hatte schwer gelitten unter Dynamit und Briten, so daß fast nichts übrig war. Und wir Jungs vom Inseldorfe, die an Land evakuiert war'n, saßen da und mußten zuseh'n, wie das schöne Land der Väter kurz und klein gehauen wurde.«

»Das mußte jeder. Gegen Politik kann man nichts tun«, warf Vognant ein.

»Ja, was sollten wir denn machen?« antwortete der Bürgermeister. »Niemand wollte auf uns hören, niemand unserer Heimat helfen. Immer wieder gab es Leute, die mit anderen versuchten, Funk und Fernsehen darauf hinzuweisen, was mit Helgoland passierte.«

»Aha.«

»Mancher hatte auch den Mut, auf die Insel rauszufahren, um gegen London ohne Waffen vorzugehen, das noch lange nach dem Kriege jeden Mittag Angriffe flog, um die Insel auszumerzen. Aber stets wurden die Leute, die für ihr Zuhause kämpften, von den Engländern vertrieben.«

»Wir wollten über Satanismus reden«, bemerkte Rupa zornig. »Sie haben meine Frage nicht beantwortet. Wenn ich nach Stundensatz bezahlt würde, stünden Sie mit 'zig Mark in der Kreide.«

Der Bürgermeister sah ihn gelassen an.

»Ich hab keine Angst vor Ihnen, und Sie sollten sich eins merken: Wenn wir Leute hier beginnen, die Geschichte zu erzählen, die Historie unserer Insel, soll man uns nicht unterbrechen. Denn vom Festland hat sie keiner jemals richtig hören wollen!«

»Kann ich gut verstehen.«

»Wußten Sie, daß es 'ne Gruppe Theologen war vom Neckar, die den Felsen hier besetzte und dann friedlich und gewaltfrei zu 'nem Teil von Deutschland machte?«

»Klingt nach Gandhi.«

»Groß und mächtig ist sie, die Geschichte unseres Landes! Wagt bloß nicht, sie zu verspotten!« rief er und fuhr fort:

Was vorher war, das weiß man kaum;
begraben ist's im Sande.
Vergang'nes liegt als dunkler Traum
auf diesem unserem Lande.

Es war vor vielen hundert Jahren,
da kamen Männer angefahren
mit Schwertern, Ohrring, Schießgewehr
und einem Schiff weit übers Meer.

Vitalienbrüder, so nannten sie sich.
Ihr Chef, der hieß Klaus, tanzte oft auf dem Tisch
und stürzte dann Becher voll mit Wein
ruckzuck in seinen Schlund hinein.

Klaus Störtebeker kannte viel,
nur eines nicht: Den Bammel.
Er war auf Helgoland gebor'n
und aß am liebsten Hammel.

Sein Schiff hieß seltsam: »Bunte Kuh«.
Das pflügte durch die Meere
und kam den Kaufleuten im Nu
oft raubend in die Quere.

Die hatten sich gewundert,
wo die Piraten steckten,
bis sie dann vierzehnhundert
dies Helgoland entdeckten.

Simon von Utrecht, so hieß der Mann,
der zwei Jahr später die Seeschlacht gewann.
Den Seeräubern und auch dem Klaus
blies er die Lebenslichter aus.

Helgoland, piratenleer,
lag im weiten, grauen Meer.
Einsam, steil und riesengroß,
außer Winden war nichts los.

Jahre mußten dann vergehen,
bis aus Hamburg, dieser lauten
Stadt, die ersten Händler kamen
und ihre Fabriken bauten.

Faktoreien hießen die.
Arbeit gab's, viel wie noch nie,
und im Hafen lagen Boote;
gut gebaut von Fischerpfote.

Doch nicht lange war es friedlich;
immer wieder gab es Kriege.
Und die brachten, das war typisch,
Niederlagen mehr als Siege.

Kaperboote schickte damals
Ludwig, Herrscher der Franzosen.
Denn im Dreißigjähr'gen Kriege,
flogen hier die Altbier-Dosen.

Überhaupt, die anderen Leute!
Briten, Froschesser und Dänen
witterten hier schnelle Beute,
um das kurz mal zu erwähnen.

Achtzehnhundertsieben dann
wurde die Geschichte fader.
Kam per Schiff der Britenmann
mit dem Militärgeschwader.

Damals hausten hier sehr viele
Kaufleute aus Kopenhagen.
Und die hörte man bei Tage
»Smörebröd« statt »Schnittchen« sagen.

In der Nacht, wenn's dunkel war,
sah man sie zur Düne wandern.
Denn textilfrei gab's am Nordstrand
einen Schweinkram nach dem andern.

Als die Engländer erschauten,
wie sich Dän und Dänin lieben,
wie sie ihre Saunas bauten,
haben sie sie fortgetrieben.

Helgoland war schließlich britisch;
englisch waren man and mouse.
Und die Tommies, wenig kritisch,
holten hier viel Geld heraus.«

»Stimmt. Während der französischen Kontinentalsperre, als Napparoleon de Boppanarrte…«

»Wer ist das denn?«

«… mit seinen Fregattas das Meer unsicher machte, war Helgoland der größte Warenumschlagort Europas«, fuhr Vognant, der sich vor der Abreise durch ein altes Merian-Heft schlau gemacht hatte, fort.

Der Bürgermeister nickte.

Achtzehnhundertvierzehn machte
Bonapartes Weltreich pleite.
Mancher englische Geschäftsmann
suchte ebenfalls das Weite.

Vereinsamt lagen Meer, Fels, Land,
darüber Möwen schwebten.
Nur selten man noch Leute fand,
die nicht vom Fischen lebten.

Schwer war die Zeit und naß das Brot,
die meisten Menschen litten Not.
Denn unser Land, so weit im Meer,
war ohne viel Bedeutung mehr.

Bis einer unserer Bürger dann,
Herr Jacob Siemens hieß er,
mit einer neu'n Idee ankam,
genau gesagt: Mit dieser.

»Wir ham nicht viel, nur gute Luft
und kostenlose Wellen.

Bei Wind hört man sogar des Nachts
die Seehundsrudel bellen.

Wir machen draus ein Nordseebad,
dann hilft uns die Natur.
Und Franken, Pfälzer, all der Staat,
fahr'n froh zur Nordsee-Kur.«

Der Plan ging auf. Wir wurden reich
und Spielball der Interessen.
Die Schiffe kam' von hinterm Deich,
aus Bayern, Schlesien, Hessen.

»How do you do? Merci, Merci!«
so riefen unsere Kleinen,
und spielten fröhlich »Fang die Mark»
zwischen Touristenbeinen.

Sogar der letzte Kaiser ließ
auf See die Korken knallen
und als der Sturm ihn hierher blies,
im Hafen Anker fallen.

Doch nicht zum Spaß – nein, Militär
wollt er hier stationieren.
Um später mit 'nem Kriegspokal
sein Häuschen zu verzieren.

Er hatte Volk und Reich geerbt,
und 'ne Marine-Macke.
Und Helgoland ward Festungs-Stadt
mit Oi-Oi-Zick-Gezacke.

Dann kam der Krieg, es machte Bumm;
das Kaiserreich fiel krachend um.
Und Helgoland, das uns gehört,
das wurde fast total zerstört.

Das hörte man im Schwabenreich
und auch im fernen München.
Ein kleiner Mann begann sogleich,
uns nur den Tod zu wünschen.

Der Kerl war an der Front gewesen,
und seitdem wohl nicht ganz dicht.
Er hatte Scheiß und Schund gelesen,
jetzt wollt er alles. Und mehr nicht.

Sein Arm war lang, der Kopf war groß,
ansonsten war mit ihm nichts los.
Doch unter seiner Nase hing
ein fieses, schwarzes Schnurrbart-Ding.

Er wußte, wie man intrigiert
und Leute sehr stark motiviert.
Er hat durchaus viel nachgedacht
und predigte bald Tag und Nacht:

»Gemeinsam auf dem Weg ins Licht!
Hört ihr nicht, was der Führer spricht?
Er spricht von Volk und Zorn und Raum,
vom Blond-Sein und vom Gott-Vertrau'n.

Schon tobt der Sturm durch jede Schicht!
Reichs-Schweinehund! Noch ein Gedicht!«

schrie er, so laut ein Mensch das kann,
im Reichstag seine Freunde an.

Die nächsten Jahre waren schlimm
für alle, die noch Herzen hatten.
Europa stolperte, fiel hin
im langen, schwarzen Todesschatten.

Sie konnten sich nicht wehren,
da hat man sie gezwungen.
Zuerst nahm man die Alten,
dann nahm man auch die Jungen.

Man hörte Weinen und ein Schrei'n
bis in die finstere Nacht hinein,
wo unten, in des Bunkers Tiefen
die Männer neben Männern schliefen.

So sang man auch auf Helgoland,
egal, was auch geschieht,
zur Mitternacht so dann und wann
das alte Krieger-Lied:

»Sich fügen heißt Verrat!
Hier wird sich nicht gefügelt!
Der Hauptmann ißt Salat,
sein Hemd ist frisch gebügelt.

Wer flüstert, lügt und stinkt nach Fisch!
Wer umfällt, hat verloren.
Der Hauptmann ist, wie du und ich,
bei sich zu Haus geboren.

Er riecht im fernen Mohrenland
nach Kalbs- und Schweinebraten.
Das essen im Schlaraffenland
die tapferen Soldaten.«

*

In London war's, in einem Haus,
in Downing-Straße Zehn,
da konnte man an einer Wand
die Insel-Karte seh'n.

»Mein Kriegsziel steht,« rief Churchill laut,
»und Helgoland muß weichen.
's ist Krieg, und da ist eingebaut:
Man geht auch über Leichen.

Jetzt weis ich meine Flieger an,
die Insel zu verbrennen.
Den Fritzen wird's 'ne Lehre sein.
Sie lernen England kennen.«

Der Tag war hell, und schwarz die Nacht,
mit Sternen wie gefroren.
Das war die Stund, als Helgoland
für immer ging verloren.

Weit weg, am fernen Horizont,
war nichts als grauer Rand zu sehen –
der Rand der Welt! Wo niemand wohnt
und Vögel schnatternd baden gehen.

Da schwoll es wie Summen von Westen her an,
wie Summen und Kreiseln von Mücken.
Die Bomber! so riefen Soldaten, und man
wies hoch in den Himmel und fing dann gleich an,
die Menschen zum Bunker zu schicken.«

»Das klingt ja wie Homer«, sagte Vognant anerkennend. »An Ihnen ist ein Richter verloren gegangen.«

»Bumm bumm bumm«, meinte Rupa düster, aber der Bürgermeister warf ihm nur einen verärgerten Blick zu.

Häuser, Gräber, Kirchen, Tannen,
Hafen, Buden und Kanonen –
alles sank in sich zusammen
über denen, die da wohnten.

Trümmer war'n es, was geblieben
aus des Dritten Reiches Träumen.
Lange weinten unsere Lieben
in den kalten Bunkerräumen.

Man brachte uns in Sicherheit,
in Hamburgs finstere Gassen.
Uns hat bei der Gelegenheit
auch Rat und Tat verlassen.

Der Krieg war aus, viel anderes auch.
Doch niemand kam zurück.
Das Volk saß auf dem Festland fest,
und weinte um sein Glück.

Wir sahen oft am Horizont,
ein fernes, graues Bändchen.
Es war ein Schimmer in der Luft
von tausend kleinen Brändchen.

Denn Churchill gab noch keine Ruh
nach all diesen Geschichten.
Er wollte nun erst recht partout
die Insel ganz vernichten.

Der Engländer warf Tag und Nacht
die Bomben auf den Boden.
So kehrte man des Eilands Pracht
und Unteres nach oben.

An einem Morgen im April,
die Luft war kühl und heiter;
erschütterte ein Schlag und Knall
die Strände und so weiter.

Es bebte Erd und Nordensee
von Bomben und von TNT.
Die Briten sprengten alle Bunker,
so meldeten es ihre Funker.

Im Jahre siebenundvierzig gab
die englische Nation
der Insel eine schweren Schlag
mit Rauch und Munition.

Mit Bums zersprang ihr Felsenrand!
Die Insel wankte, doch sie stand.
Noch lebte unser Helgoland
und war in unseren Herzen.

Schließlich griff in Bonn am Rheine
gar der Kanzler selbst zum Pinsel
und schrieb einen Brief ins Reine
über unsere Nordseeinsel:

»Juten Tach! Isch Adenauer!
Hör mal, King, dat is nischt jut.
Tach für Tach erschrickt der Bauer,
wenn wat explodieren tut!

Wissen Se, sojar die Fische,
die im Ozeane leben,
in des tiefen Meeres Frische,
haben richtisch Angst vor Ihnen!

Lieber King, ich bitte Sie
in dat deutschen Volkes Namen:
Jib uns Helgoland zurück,
wat Sie fortgenommen haben!«

Doch vergebens. Immer wieder
konnte er ihn zwar erreichen,
doch auch seine schönsten Lieder
konnten nie sein Herz erweichen.

Oft gab's Menschen, die versuchten,
auf die Insel hinzuweisen.

Wenn sie bei 'nem Schiffer buchten,
sah man sie durch Nordsee reisen.

Auf den Helgoländer Trümmern
fingen sie dann an zu zelten,
wenn die Hoffnungen auch immer
in der Briten Knast zerschellten.

*

Bis schließlich, eines Tages dann,
ein junger Theologe kam.
Der war ein Prinz aus Heidelberg –
und los ging das Befreiungswerk.

Er sah das einst so schöne Land,
das sich in großer Not befand,
und ließ sich, weil grad Ferien war'n,
mit Freunden auf die Insel fahr'n.

Sie kletterten aufs Oberland
und sind dann dort geblieben.
Am nächsten Morgen haben dann
die Zeitungen geschrieben:

»So leisten Prinzen Widerstand –
gewaltfrei und bescheiden!« –
was damals in der Zeitung stand,
beendete das Leiden.

»So friedlich können Deutsche sein!
Was sind wir bös gewesen!« –

das konnten damals Groß und Klein
in den Gazetten lesen.

Drum konnte auch Britannien bald
die Insel nicht mehr halten.
Und gab sie dann dem Land zurück,
wo Deutschgesetze galten.

Doch was war daraus geworden!
Schrott an allen Insel-Ecken!
Backsteine, wo Häuser waren,
Trümmer in den Hafenbecken!

Ein Architekt aus Hamburg kam
und hatte ein Konzept:
Er wollte neue Häuser ham,
modern, hübsch und adrett.

»Kompakt soll die Bebauung sein!«
so hatte er geschworen.
Weil so die Schönheit Helgolands
auch niemals ging verloren.

Anfang der Sechziger Jahre dann
entstanden erste Wände.
Heut wirkt das scheußlich; damals doch
war's schick hier ohne Ende.

Nach und nach begann nun auch
der Kurbetrieb zu laufen.
Und, na klar, der alte Brauch,
den Eiergrog zu saufen.

Denn Helgoland steht fest seitdem
stolz auf zwei festen Beinen:
Auf Kurgästen und auch auf dem,
was Butterfahrer meinen.

Die Butterfahrt nach Helgoland
ist heute ein Vergnügen.
Auf Butterfahrt ist Jung und Alt
nach Helgoland am Ziehen.

Sie machen uns're Insel reich
fernab vom großen Rummel.
Sie ist für jedermann ganz gleich
und gut für einen Bummel.

Nur manchmal, wenn die Nebel zieh'n
und wild die Wogen schäumen,
kann man in Helgoländer Nacht
noch vom Vergangenen träumen.

Die Zeit, sie rafft uns schnell dahin;
vergessen sind die Jahre.
Und mancher, der einst mit uns ging,
steht bald an unserer Bahre.

Doch wie gesagt: Wenn Winde weh'n,
und fern die Wolken schweben,
kann man in die Geschichte seh'n
und in vergangene Leben.

Hoch oben, auf dem höchsten Fels, vergraben in der roten Erde, ruhte der Könige Gebein. Einst war'n sie hier, drum fanden wir so manche Keltengräber«, fuhr der Bürgermeister fort, »weil diese Insel, ist ja klar, für diesen Volksstamm heilig war.«

Sie schwiegen alle eine Weile lang.

»War«, sagte Rupa dann langsam und gedehnt. »Was hier mal heilig oder mystisch war, ist längst weggesprengt und lange her! Das ist ein schlimmer Ort, an dem wir sind. Hier passieren Morde, und Sie quatschen von alten Sachen! Satanismus, raus mit der Sprache! Nochmal frag ich nicht.«

Er räusperte sich. »Und überhaupt, Sie weichen mir aus. Hier waren doch früher Germanen, und die haben doch Dinger angebetet, Bäume und, äh, Pferde.«

»Nein, vorher waren die Kelten da«, antwortete Vognant. »Sie waren wahrscheinlich der Rest eines uralten Volksstamms, der in der Eiszeit in einer Lücke im Eis lebte und danach die Welt eroberte. Die Indogermanen! Wußten Sie das, Herr Bürgermeister?«

Das Inseloberhaupt nickte.

*

Es wohnte einst ein wildes Volk,
als Asien noch schöner war,
im Eise von Usbekistan
und hielt sich für ganz wunderbar.

Sie hausten trotz der Kälte gern
in ihren warmen Nischen,
und sahen nachts so manchen Stern
quer durch den Kosmos kriechen.

Sie sprachen einen Dialekt,
der knarzte, knurrte, fauchte,
und hatten schon sehr bald entdeckt,
daß man viel mehr nicht brauchte,

um Feuer, Wasser, Erde, Luft
und Sonne zu benennen.
(Die letztere sahen sie bei Tag
am kalten Himmel brennen).

Sie malten, reimten, töpferten
und formten edle Teile.
Nicht weil sie mußten, sondern nur
aus purer Langeweile.

Sie beteten das Feuer an
in dicken Bären-Pelzen.
Generationen später dann
begann der Schnee zu schmelzen.

Es gab einmal ein blondes Volk
vor vielen, vielen Jahren.
Das wartete im Eis darauf,
mal endlich wegzufahren.

Kaum daß der Frost vorüber war,
ging's quer durch den Himalaya
nach Indien, in die Sonne.
Ach, war das eine Wonne!

Sie kamen Wochen später dann
am Flusse Brahmaputra an.
Und nannten sich, stolz wie Papa,
»die Edlen« – indisch: »Ariya«.

Die kleinen, dunklen Inderfrauen,
die fanden sie echt klasse.
Sie bumsten sie nach Herzenslust
als käseweiße Rasse.

Doch bald gab's Ärger. Das kam so:
Probleme mit der Hitze!
Meist war's zuviel, und im Monsun
erreichte sie die Spitze.

»Auf ewiglich sind wir verflucht,
ein kühleres Land zu finden!
Wir hatten Sonnenschein gebucht,
und müssen uns so schinden!«

Durch Persien, Bagdad, Griechenland,
Venedig, Zagreb, Spanien,
so zogen sie zum Weltenrand –
von Indien nach Germanien.

Noch weiter nördlich ging's nicht mehr;
danach kam nur noch Schweden.
Mit Mücken, Iglus, Linksverkehr –
das lockte nicht grad jeden.

Zu guter Letzt, jetzt war die Tour
schon richtig lang und rauh und fies,

da schufen sie in der Natur
das letzte Menschen-Paradies.

Ja, lange vor dem Handelsmann
mit Quittung, Scheck und Waren,
war Helgoland der Kelten Land,
die hier gewesen waren.

Für sie war das ein schönes Heim,
ein Himmel hier auf Erden.
Ein Platz für tote Häuptlinge,
die dort begraben werden.

Das heil'ge Land, das Keltenland,
für immer ist's vergangen.
Und nur der Sand am Nordseestrand
weiß, wie die Alten sangen:

»An dieser Stelle fern im Meer
da woll'n wir Kelten leben.
Wir kommen mit dem Schiff hierher,
so sind wir Kelten eben.«

Sie richteten die Tempel auf,
die kleinen, heil'gen Haine.
Und Hütten. Denn auf Helgoland
war niemand gern alleine.

Hoch auf dem Stein, dem Himmel nah,
da standen die Druiden.
Und beteten die Sonne an,
die sie bei Tage mieden.

Denn erst bei Nacht, wenn's dunkel war,
da zählten sie die Sterne.
Und schrieben auf sich ihren Lauf
und sahen in die Ferne.

»Das Helgoland! Das Heil'ge Land!«
So sangen seine Lieder.
Und Feinde reichten sich die Hand
und kamen als Freunde wieder.

DREI LEICHEN IM SCHNEE

Es war kurz vor zwei Uhr nachmittags, als die beiden den Bürgermeister verließen und auf das Oberland gingen. Obwohl sie in dicke Mäntel gehüllt waren, zerrten die Böen wie betrunkene rheinische Karnevalsweiber an ihnen. Frank Rupa ging voran, rieb sich die klammen Finger und zeigte Vognant die Natur.

»Hier ist ein wahres Paradies, Sie können kaufen, was Sie wollen. Mode aus Skandinavien, finnischer Schmuck, irische Wolldecken. Bringen Sie Ihrer Frau doch was Schönes mit«, meinte er unwillig, stieß eine weiße Atemwolke aus und stapfte durch die immer dichter herabfallenden Schneeflocken am Rand des Abgrunds entlang. »Da, sehen Sie mal! Bezaubernd, der Lange Anton! Fallen Sie nicht runter, ich hol Sie nicht rauf. Hier sind's bloß dreißig Meter bis ins Meer.«

Der Weg wurde immer öfter von weißen, im eisigen Sturm wachsenden Dünen versperrt. Heikel war es und riskant, über die Schneewehen zu klettern, die teilweise spiegelglatt waren; und wer nur ein kleines bißchen unachtsam war, konnte ausrutschen und unaufhaltsam den Rand hinabstürzen. Dreißig Meter tiefer wartete die Gischt, die an die Felsen krachte.

Unweit der Lummenfelsen bogen sie vom gemauerten Pfad ab. Ein paar Meter kamen sie voran, dann versperrten ihnen eisbedeckte, mit schimmernden Kristallen bedeckte Hügel endgültig den Weg. Sie versuchten, einen Weg über die Anhöhe zu finden, aber es war zwecklos, und so kauerten sie sich schließlich in einer Mulde nieder, die zumindest halbwegs windgeschützt war, und bliesen warmen Atem in die Hände, während der Sturm sein nächstes Lied pfiff und das Eis über sie hinwegbrauste.

Rupa blinzelte in den Schnee, rieb sich die Augen und stutzte. Dann wandte er sich an seinen Begleiter. »Wenn wir bleiben, wird es Nacht«, rief er gegen den heulenden Wind an. »Dann findet uns keiner! Kommen Sie, Vognant, wir müssen weiter!«

»Ich schaffe es nicht«, jammerte der Beamte. »Lassen Sie mich liegen, ich komm schon zurecht. Ich hätte nie mitgehen dürfen; das hab ich nun davon.«

Mühsam redete Rupa auf ihn ein, schrie ihn an und versetzte ihm schließlich eine Reihe schallender Ohrfeigen, deren Schlag der Orkan davontrug. Arm in Arm kämpften sie sich hundert Meter weiter, doch der Sturm schob sie immer wieder auf den Rand zu, um sie vorsätzlich vom Felsen zu pusten.

Sie hielten einander fest umklammert und schritten mühsam voran; als schließlich im Schneegestöber der große Schatten des Leuchtturms vor ihnen auftauchte, war Vognant beinahe erfroren.

Mit letzter Kraft kamen sie in der »Mokkastube« an und stolperten hinein; und so bekam Vognant den ersten Eiergrog seines Lebens.

Rupa selbst lehnte alle Drinks ab. Er lieh sich eine Taschenlampe und ging wieder hinaus in den Schnee; am Leuchtturm schritt er ins freie Feld hinaus über die Wiesen, und dort stand er dann grimmig im Gefrorenen und sah vor sich hin.

Das, was er im Schneesturm erblickt hatte, war noch immer da.

In einer tiefen Grube, groß wie ein Krater auf dem Mond, lag ein unförmiger, schneeüberzogener Mantel.

Ein Mantel mit Händen und Füßen.

Rupa richtete den Schein seiner Taschenlampe darauf und kletterte herab. Dann versuchte er, die Figur auf die Seite zu drehen. Vergeblich. Die Gestalt war fest am Boden angefroren. Es war ein hagerer Mann Mitte vierzig, der dort lag.

Wütend biß er auf seine Pfeife und hörte das Holz knacken.

*

Zwei Stunden später saßen Rupa und Vognant in Batschiks winzigem Büro. Der klobige Inselbulle sah blaß aus.

»Mein Gott, ausgerechnet Johnson«, brummte er, »da muß ich mich setzen. Jeder kennt René. Seine Alte ist vor Jahren abgedreht und durchgebrannt, und seitdem hat er Probleme mit dem Schnaps. Aber wer hat die nicht?«

»Sagen sie mal, wo kriegen sie überhaupt Frauen her?« fragte Vognant. »Entschuldigen Sie, ich meine, die Frauen hier auf Helgoland sind doch nicht alle hier geboren, oder?«

Batschik sah ihn mit blutunterlaufenen Augen an.

»Die Schicksen?« meinte er dröhnend. »Die sind sowas wie Beutegut. Kommen doch oft genug geile Tagestouristinnen hierher, um ihren Spaß zu haben. Die verlieben sich im Suff in Eingeborene, heiraten, bleiben und leiten fortan die Boutiquen, hehe! Und von dem Tag an, wo die Schnallen hier sind, findet keine Veränderung mehr in ihrem Leben statt. Dann bleibt die Zeit stehen, und die kleiden sich dann in Fummel wie in den sechziger Jahren, schwören auf Diolen Loft, Enka-Viskose und so weiter, und sie richten sich die Frisur so zu, wie sie die Haare trugen, als sie hierher zogen, und wahrscheinlich, äh, wahrscheinlich, aber...«

»Der Mann steht unter Schock. Inselkoller«, urteilte Rupa und rückte die Nickelbrille auf seiner Nase zurecht.

Er zog eine neue Pfeife aus seiner Tasche, zündete sie an und rauchte noch eine Weile schweigend vor sich hin; Batschik plapperte wie ein Wasserfall, doch nach einer Stunde war er endlich still.

Johnson, ein geborener Helgoländer, war bei vielen beliebt gewesen. Er hatte einen der kleinen Parfümshops auf der Hauptgeschäftsstraße geleitet, ohne sich als besonders begabter Geschäftsmann erwiesen zu haben.

Zuletzt hatte er in einer kleinen Pension unweit des Ladens gewohnt.

Eine ausgemergelte Pensionswirtin öffnete die Tür zu Johnsons Zimmer. Es war offenbar auf den Kopf gestellt und von oben bis unten durchwühlt worden. Während die Wirtin leise vor sich hin jammerte, durchsuchten sie seine Sachen, aber sie fanden nichts, was eine Spur gewesen wäre.

Außer Johnsons eigenen Fingerabdrücken waren nur die der Wirtin überall zu finden; wahrscheinlich hatte sie tagsüber ununterbrochen in seinem Zimmer herumgebellt und geschnüffelt.

PIRATENBLUT

Am Nachmittag traf ich Will auf dem Oberland. Wir gingen um die Häuser und blieben dem Pfarrer auf den Fersen, der es an diesem Tag anscheinend besonders eilig hatte. Die Spur führte wie üblich in die Gemeindehalle zum Bowlingclub.

Mit Schifferbärten und tief ins Gesicht gezogenen Südwesterhüten, die wir kurz vorher in einem Laden gekauft hatten, standen wir inmitten einer Herde Helgoländer und hörten seiner Predigt zu.

»Meine Brüder und auch meine Schwestern, also liebe Gemeinde eigentlich. Ich steh jetzt hier, denn da ist vor ein paar Stunden wieder einer gestorben, schade. Ich glaube, die meisten wissen, wie der heißt, der René Johnson. Aber schlimm ist, daß er nicht an Herzschlag oder Krebs gestorben ist; der hat ja geraucht, und das ist nicht gesund. Wahrlich, da hat so ein, man hat ihn jetzt, einer, vielleicht mit einem Hammer, jedenfalls, der ganze Kopf ist ein einziger Brei.«

Versteinert und verständnislos hörten die Leute seinem Bericht zu.

»Man fragt sich, was René jetzt macht. Ihr wißt, ich kenn mich aus, ich bin Experte. Ich weiß, seine Seele ist, wie ich ihn kenne, auf dem Weg nach oben, zu Gott, da in den Himmel, unserem Schöpfer, und will klären, ob René in Zukunft in der Hölle oder da im gewissermaßen Paradies leben soll. Lasset uns darum das Lied anstimmen.«

Sie erhoben sich ruhig, stellten ihre Biergläser ab und holten tief Luft.

»Wo kommt man nach dem Tode hin?
Ins Warme oder Kalte?
Sind Mädchen dort, wo ich dann bin?
Sind's junge oder alte?

Wo steht denn da ein Fernsehturm?
Was macht man da bei Tage?
Was tut der Mensch im Wirbelsturm?
Er stellt sich eine Frage.«

So klang der Choral durch den stillen Raum. Will wurde weihnachtlich zumute.

Doch dann ergriff der Pfarrer wieder das Wort.

»Wahrlich, Schwestern, und liebe Gemeinde, Brüder auch, jetzt müssen wir alle versuchen, uns an ihn, ich meine, den René, der ja tot ist, zu erinnern. Ich meine, ich will hier nicht richten. Die Rache gehört mir, hat Jesus gesagt. Weil, es ist richtig schlimm, daß hier einer ist und René auf dem Gewissen hat. Äh, ich meine jetzt, neulich hab ich ja erzählt vom Beichtgeheimnis. Also ich meine, wenn derjenige sich nicht stellt, der das da gewesen ist, ich glaube beinahe, dann muß ich es doch der Polizei sagen. Ihr könnt nichts dafür, klar.«

Er sah die Gemeinde an und faltete die Hände, aber keiner folgte seinen Gesten.

Im Gegenteil.

Die Gruppe der Eingeborenen stand mit verschränkten Armen da.

»Wissen Sie, was Sie da sagen?« antwortete der Bürgermeister in die Stille hinein. »Das kann so nicht gewesen sein! Sie meinen wirklich, daß ein Mann einen anderen erschlägt und dann noch nach wie vor problemlos mit uns weiterleben kann? Sie kennen Helgoländer schlecht. Wir sind zwar etwas selbstgerecht, doch einen Mörder würden wir nie unter unsern Dächern dulden.«

Der Pfarrer schüttelte den Kopf.

»Wahrlich, das heißt nein, ich meine, ja«, sagte er mit kieksender Stimme und hob seinen Zeigefinger. »Frage, wer soll sonst hier, es sind ja im Winter nur Helgoländer auf diesem Stück Land, und da muß ja jemand mit einem Hammer... Morgen gibt es wieder einen, na, eine Messe, die ich abhalten werde; wenn ihr kommt, dann muß ja gebüßt werden. Der René, der Johnson, sein Tod. Da muß gebetet werden.«

Der Bürgermeister war bei diesen Worten durch die Menge, die ehrfurchtsvoll vor ihm auseinander wich, zur Bühne gekommen.

Dort zog er seine Brieftasche heraus, entnahm ihr den Kirchensteuerbescheid und warf ihn wortlos vor dem Rednerpult auf den Boden.

»Wir tun schon was«, sagte er laut. »Wir beten auch; auf unsre Art, das ist hier Brauch. Sie kommen nicht von dieser Insel, Pfarrersmann; ich kann nicht glauben, daß ein echter Helgoländer jemanden ermorden kann. Und ich sag das nicht, damit ich wieder mal die Wahl gewinne. Sondern weil ich weiß, daß uns're Leute prima Menschen sind und jederzeit bereit, alles für den anderen zu tun. Lange Zeit hab ich jetzt sinnlos ihrem Laden Geld gespendet; lange Zeit hab ich jetzt fluchend Zinsen, Zaster, Zeit verschleudert. Doch jetzt reicht es, und ich trete hiermit aus aus Ihrer Kirche.«

»Wahrlich, sieh doch nicht nur immer, ich meine, wenn der eine Balken im Auge ist, soll man nicht vor der Tür kehren! Das soll man nicht so schnell machen, das mit dem Austreten«, rief ihm der Geistliche zu, als der Bürgermeister zur Tür gegangen und fast neben Will zu stehen gekommen war. »Das heißt ja, das mit dem Fegefeuer und so weiter, daß wir uns niemals, Sie und ich, im Paradies wiedertreffen können.«

Das Inseloberhaupt blieb stehen und fuhr herum.

Fest schweifte sein Blick durch den Raum und über die angespannten Gesichter seiner Wähler, die den Wortwechsel aufmerksam verfolgt hatten.

»Was brauch ich denn das Paradies, solang ich Helgoland noch hab!« erwiderte er schließlich laut, ging ein paar Schritte in den Raum hinein und sah die Umstehenden an. »Wir haben uns doch lang genug vom Pfarrer und vom Kirchenheil Angst einjagen lassen! Was brauchen wir denn Glockenspiel und Kruzifix und Segen noch? Im Grunde sind wir doch Piraten, wie's uns're Vorfahren gewesen waren, die Kinder Störtebeckers! Ja, Seefahrer sind wir doch und frei! Wir haben einen Felsen, den niemand haben will, zum Stützpunkt ausgebaut und sind jetzt unsre eignen Herrn. Hier walten wir und schalten wir, und manchmal, manchmal singen wir.«

»Baumann!« fuhr er fort und sah dabei einen dickbäuchigen, blonden Mann in einer Art von Iwan-Rebroff-Kittel an, »wie geht das alte Lied, das du im Keller heimlich singst?«

»Die Piratenlieder?« kam die Antwort. »Das ist die Seemannslust an Bord, juchee! Der Fisch, der Fisch, tut keinem weh.«

»Und du, Marlene? Hast du damals denn nicht auch jenes alte Lied gesungen? Der Käpt'n mit dem einen Bein, geht auf und ab, so muß das sein? Und der Hafen ist weit und die See ist so naß, und der Teufel spielt Schach mit der See?«

»Klar hab ich das. Kann ich heute noch!«

»Das ist der gute, alte Mumm!« breitete der Bürgermeister die Arme aus. »Zum Glück steckt er in euren Knochen. Was braucht man Kirche und Pastor! Das kommt mir längst schon spanisch vor! Los, Heiko! Raus mit der Gitarre, und sing die alten Kaperlieder, die uns die greisen Väter lehrten, die sie von ihren Vätern hatten!«

»Das wird dem Pfarrer aber keine Freude machen!« sagte ein vollbärtiger Mann; doch alle begannen rhythmisch zu klatschen, woraufhin er schließlich mit einer Gitarre wankend auf die Bühne kletterte und dort ein Lied zum Besten gab.

»Wenn der Mensch zum Monde greift,
wenn ein Piemel sich versteift,

legt sich Satans Schweinehand
wie ein Lappen übers Land.

In den Straßen wird es dunkeln,
Babys fangen an zu schreien.
Omas hören auf zu schunkeln,
und die Nachttischlampen scheinen.«

Und so kam es, daß an diesem Nachmittag fünfhundert Helgoländer aus der Kirche austraten, und der katholische, eigens von Rom ausgesandte Missionar die größte Niederlage seiner Laufbahn einstecken mußte.

RUPAS ABSTIEG IN DIE HÖLLE

Als wir zur Polizeiwache zurückkamen, grübelte Rupa immer noch finster vor sich hin. Will wollte vom Besuch in der Gemeindehalle berichten, kam aber kaum zu Wort; statt dessen wurde er mit einem besonders häßlichen Gedanken konfrontiert, den der eigenbrötlerische Hauptkommissar entwickelt hatte.

Dabei hatte alles völlig harmlos angefangen.

»Johnsons Frau, vielleicht ist das eine Spur«, hatte Vognant, der sich nützlich machen wollte, nachdenklich gesagt. »Wo ist sie jetzt, was macht sie? Wissen Sie, mein lieber Rupa, es würde mich nicht wundern, wenn wir einem Fall von Menschenschmuggel auf der Spur wären. Oder, noch besser, Mädchenhandel!«

»Eppstein, wo waren Sie die ganze Zeit?« fragte Frank Rupa in dieser Sekunde.

Und Will kam eine Szene aus der Vergangenheit in den Sinn.

Es war vor vielen Jahren, als er noch ein junger Kriminalkommissarsanwärter gewesen war und in Wuppertal studierte, daß er Rupa kennengelernt hatte; den großen, charismatischen Frank Rupa, dem ein tadelloser Ruf vorausging und der, vom matten Schein eines Overhead-Projektors beleuchtet, vor Ort im Bergischen Land den jungen, still dasitzenden Kripobeamten Vorträge über Verbrechen hielt.

Rupa war damals noch ein einfacher Kommissar mit einem kleinen Schnurrbart, hatte aber bereits durch spektakuläre Fälle von sich reden gemacht; auch sein Gesicht, das jetzt mit der ovalen Brille und dem dünnen Haar so faltig aus dem Rollkragenpullover ragte, war noch weniger zerfurcht gewesen.

Will hatte sich damals in den Kopf gesetzt, ein guter Polizist zu werden, und nichts unversucht gelassen, um in seine Truppe aufgenommen zu werden. Als Rupa nach Frankfurt versetzt wurde, war er mitgezogen.

Er erinnerte sich, wie ihn der Hauptkommissar zum erstenmal gelobt hatte: »Saubere Arbeit«, hatte er in Gegenwart eines hohen Tieres der Regierung gesagt. »Übrigens, das hier, das ist Will Eppstein, mein bester Mann.«

Er erinnerte sich an manche Gelegenheit, bei der er Rupa aus der Patsche geholfen hatte. An Beweise, die er kurz vor Verhandlungsbeginn beschafft hatte, um eine Anklage überhaupt erst möglich zu machen. An Vorträge und Reden über Spurensicherung, Ermittlungstechnik und internationale Kriminalität, die er für Rupa schrieb, der sie dann vor Polizeiakademien hielt, als seine eigenen ausgab und später auch als Buch herausbringen wollte.

»Auf dem Oberland in der Gemeindehalle«, antwortete Will arglos, »der Pfarrer –«

»Offen gesagt, wir hatten den Eindruck, daß Sie sich einen schönen Lenz machen«, fiel ihm Rupa ins Wort. »Darum sind Vognant und ich ja hierher gereist! Um nachzusehen, ob Sie überhaupt ihre Arbeit machen. Und welche disziplinarischen Maßnahmen wir gegen Sie ergreifen können. Sie wollten doch von Anfang an nur baden und den lieben Gott einen guten Mann sein lassen!«

»Wie kommen Sie denn darauf?« fragte Will blaß.

»Doktor Antwerpes«, antwortete ich ruhig.

Rupa nickte. »Er hat uns über alles informiert. Sie haben sich von Anfang an keinen Tropfen Mühe gegeben.«

»Sechstausend Gäste am Tag«, meinte Will leise. »Da kann man keinen Täter finden.«

»Sie reden ja wie ein kleiner, mieser Kellner«, antwortete Rupa versteinert und rückte seine Brille zurecht. »Tatsache ist, es war ein Fehler, Ihnen Klaus-Jürgens Fall zu übergeben. Verdammt noch mal, Sie haben es nicht mal geschafft, auch nur ein Schaf zu verhaften! Im Gegenteil! Und dieser Kleptomane, wo ist der?«

»Der olle Sack? Zuhause«, gab Batschik kleinlaut zu. »Der ist tatterig und konnte nicht fliehen, da hat Eppstein erlaubt –»

»Saustall!« unterbrach Rupa ihn mit hochrotem Kopf. »Wird Zeit, daß hier ausgemistet wird! Ich bin enttäuscht, Eppstein, schwer enttäuscht. Und jetzt werde ich Ihnen zeigen, wie ein Macher Fälle löst! Legen sie Haftbefehl und Handschellen bereit; jetzt mach ich das selbst.«

Großspurig schritt Frank Rupa mit seinen Ermittlungen voran. Offenbar wollte er auf Vognant, den Staatsanwalt, Eindruck machen, und so befahl er als erstes, einen Suchhund anzufordern, um die Gegend nach weiteren Hinweisen auf Johnsons Tod absuchen zu lassen.

»Und einen Such-Seehund«, fügte er hinzu, »denn auch das Meer wollen wir nicht auslassen.«

Diese Entscheidung machte er zehn Minuten später wieder rückgängig.

Dann führte er Eppstein an Marittas Bett und zwang ihn, sie nach allen Regeln der Kunst zu verhören.

Doch so sehr er sich auch anstrengte, er schaffte es nicht, Will in die Knie zu zwingen, und so kam es, daß Rupa gegen Ende des Gesprächs glaubte, eine besonders unschöne Bemerkung hinzufügen zu müssen.

Als sie bereits an der Tür waren, wandte sich der Hauptkommissar noch einmal um und sah Maritta an.

»Ihr Schätzchen ist der unfähigste Polizist, den ich kenne«, stieß er abfällig hervor, »menschlich und fachlich ein totaler Versager. Mit dem haben Sie den richtigen gefunden, kleine Lady! Der findet keinen Job mehr. Höchstens Luftmatratzenaufblaser im Schwimmbad oder Eileiter auf einer Hühnerfarm. Herzlichen Glückwunsch, der Mann ist Ihr Ruin!«

EIN MANN MIT SCHUPPEN

Am Hafen standen schmale, hölzerne Schuppen, von denen die Farbe abblätterte; »Hummerbuden« nannte man sie, weil in ihnen meistens Fischer saßen und fröhlich die Hummer quälten, die sie gefangen hatten und an die paar Restaurants auf der Insel verkaufen wollten.

Aus einer dieser Buden drang Schlagermusik, und aus ihrer Tür ragte eine Hand, die mir zuwinkte und einem rundlichen, blonden Fischer mit apfelroten Bäckchen gehörte, der einen Russenkittel unter dem aufgedunsenen Gesicht trug.

»Sie sind doch Detektiv«, brummte er. »Kommen Sie rein.«

Er zog mich in die Werkstatt und schloß die Türe.

Es war klein, aber ungemütlich. Eine Liste mit eßbaren Fischen hing wie ein Steckbrief an der Wand, und ein alter, auseinandermontierter Motorblock hatte es sich in einer Ecke schwarz und ölig auf dem Boden bequem gemacht.

»Ich habe Sie singen gehört«, antwortete ich und nahm Platz, »im Gemeindesaal.«

Er nickte. »Dann wissen Sie auch, was der Pfarrer erzählt hat. Daß jemand von uns, ein Helgoländer, Johnson erschlagen hätte.«

»Wer denn sonst?« fragte ich, zog Zigaretten aus meinem Jackett und bot ihm eine an.

Schweigend griff er zu, und wir qualmten eine Weile nebeneinander her, ohne einen Ton zu sagen.

Schließlich zuckte er mit den Schultern.

»Johnson war überall gern gesehen. Wer soll den denn getötet haben?«

»Hatte er Feinde? Es gibt immer Leute, die sich schlecht behandelt fühlen. Auch wenn man davon manchmal nichts merkt.«

Er runzelte die Stirn.

»Wir haben uns kaum gekannt, nur vom Sehen und Reden und Saufen. Fragen Sie doch Ivens, mit dem war René im Gymnasium auf dem Festland. Die beiden waren gute Freunde.«

Ich nickte und nahm meinen Hut. »Eine Frage noch. Wieso war Ivens eigentlich nicht in der Gemeindehalle?«

»Der traut sich nicht rein«, antwortete er. »Er meidet den Kontakt mit Pfarrern, wo's nur geht. Carl ist ja mosaischen Glaubens. Sein zweiter Name ist David.«

DAVID

Am Nachmittag sah ich mir Ivens Angebote und Auslagen an.

»Da ham Sie aber zielsicher ein besonderes goiles Dingen ausgesucht«, erklärte er, nahm eine goldene Uhr aus dem Regal und reichte sie mir feierlich über die Theke. »Jau, da werden bloß ganz wenich von gebaut. Steht Ihnen ganz hervorragend. Schiet, eigentlich dürft man so schöines Stücken nicht verkaufen. Ist ja geradezu 'ne Sünde, so 'ne Kollektion auseinanderzureißen. Aber irgendwovon muß der Mensch ja leben, nich? Und Sie machen echt 'n sicheres Geschäft, wenn ich so sagen darf.«

»Haben Sie viele von diesen Uhren verkauft?« fragte ich ihn ruhig.

»Logo, Alder!«

Die Uhr bestand fast ganz aus Glas, und kleine, dünne Zeiger aus Gold bewegten sich langsam darin im Kreis herum. Sie sah unauffällig aus, doch es gab Reiche, die sich so etwas leisten, um den Arm binden und einander daran besser erkennen konnten.

In arabischen Ländern mußte dafür ein gewaltiger Markt bestehen.

Sie tickte, aber nur leise.

Ivens hatte sein Haar sorgfältig gepflegt und trug wieder seine feine Drahtbrille, die unter Brüdern gut und gern zweitausend Eier wert war. Er steckte in einem weißen Kittel, aus dem die Köpfe teurer Kugelschreiber herausschauten, und trommelte mit den Fingern auf der grünen Samtunterlage herum, die er vor mir ausgebreitet hatte.

»Schalom«, sagte ich ruhig.

Für Sekunden hörten seine Finger auf zu trommeln.

Dann schaute er sich unsicher um.

»Es wird Zeit, daß Sie die volle Wahrheit sagen«, meinte ich sanft.

Und Ivens packte aus.

Wir saßen in seinem luxuriösen Büro hinter dem Laden und sahen uns ernst an. Dabei war Carl Ivens Miene immer noch professionell freundlich.

»Na, dascha'n Ding!« meinte er leise. »Was woll'n Sie denn jetzt? Geld oder'n Kaffee?«

Ich schüttelte den Kopf. »Nur die Antwort auf eine Frage: Vor wem halten Sie sich versteckt?«

»Och Mann, ich halt mich nicht versteckt! Ich halt mich bloß zurück!« erwiderte er rasch. »Den Helgoländern kann ich trauen, dassin prima Kerle! Aber wassis mit Fremden? Wassis, wenn unter den Tagestouristen auch nur einer dabei is, der sich an mir stört? Nö, Golding, ich bin nich auffen Kopp gefallen! Es ist nich gut, wenn fremde Leute alles wissen. Ich sach immer: Die Religion, dassis Privatsache, das geht keinen was an.«

»Gab es auf Helgoland eine Gemeinde?«, fragte ich ruhig.

Und dann packte er aus. »1924 war viel los hier hinterm Deich, zwischen Weser und Ems, Flensburch und Pinneberch, Dollart und Doggerbank, nich? Abba der blöde Kriech hat alles weggerafft. Mann, wir ham echt viel mitgemacht.«

»Ich weiß. Der Zweite Weltkrieg.«

Ivens hob die Hände und begann mit seinen weißen Fingern zu zählen. »Der Großvadda, der Onkel, die Tante, die Geschwister... Nur zwei ham überlebt, min Vadda und ich! Der Alde hat vonner Schweiz aus Hunderte von Menschen gerettet; das hat meim Vadda später

Ruhm und Ehre eingebracht. Ich hab min Jugend im Ausland verbracht, bei diplomatischen Empfängen, Schulen und Professoren. So issas damals gewesen.«

Und dann wurde er ausgerechnet Juwelier auf einer Butterinsel, wo sich Fuß und Nase gute Nacht sagen, dachte ich.

Rasch fuhr er fort.

»Da fragt man sich nodürlich, was hat den Mann nach Helgoland zurückgebracht?«

»Ja, das fragt man sich wirklich.«

»Nun, das war die Liebe zum Sand und zur Kant, zu Lummen und Stürmen! Denn nachem Krieg war ja nix anderes mehr da zum Liebhaben! Wissen Sie, als ich 1972 hierher zurückkam, war nicht viel übrig.«

»Das habe ich gehört. Englische Bomber.«

»Nö, ich sprech vonne Gemeinde!« erklärte er sanft. »Von der war keiner mehr da! Jo, abba die Mädels war'n knackig und die Bux, die war weit, issdoch klar; so kam es, daß Vadda und ich uns niederließen und'n Laden aufmachten, mit Uhren und Käse, diwa nachts von Dänemark rübergeschmuggelt hatten. Die hamwa billich weiterverkauft, aber damit das Geschäft auch auf solide Füße kam, hab ich 'ne Lehre als Goldschmied begonnen!«

Carl Ivens schwieg.

»Meine Beziehungen haben mir geholfen. Da war'n Praktikum in Afrika, 'n Seminar in Bolivien, Smaragde in Australien... und so konnte ich mir mit Arbeit hier'n lüttes Imperium aufbauen!«

»Glückwunsch.«

»Jau, dascha die ganze Geschichte. Der Vadda ist leider vor zehn Jahren gestorben. Ich leb jetzt ruhig vor mich hin, befolge die Gebote und bin restlos zufrieden. Mit Tina hab ich meine Erfüllung und mein Glück gefunden, hier auffe Erde.«

»Haben Sie Kinder?«

Ivens schüttelte den Kopf. »Nee, so'n lästiges Zeug, da sind wir Gott sei dank von verschont geblieben.«

Mir gefiel die Art nicht, wie er das gesagt hatte. Für Sekunden sah ich hinter der Maske des Biedermanns einen anderen Ivens aufblitzen. Einen Mann, der auch gefährlich werden konnte, wenn man ihn trat. Einen Mann, der den trunkenen Leuchtturm raushängen ließ, aber auch einsam und unberechenbar war. An seinem Hals hatte eine Ader zu klopfen begonnen.

»Kannten sie René Johnson?«

»Natürlich«, antwortete er bescheiden. »Wir war'n ja Klassenkameraden, und am Nachmittag ham wir uns oft getroffen. René sprach sieben Sprachen, davon zwei verständlich.«

»Wann haben Sie ihn zuletzt gesehen?«

Er kniff einen Moment lang die Augen zusammen. »Gestern«, sagte er dann. »Da hat er mir erzählt, daschern Pfarrer besuchen will. Ich hab'n ziehen lassen, nich? War wohlen Fehla.«

RUPAS ENTSCHEIDUNG

Zur selben Zeit gingen Will, Rupa und Vognant zur Dünenfähre; doch als Eppstein an Bord klettern wollte, hielt ihn sein Vorgesetzter zurück.

»Sollen wir uns nicht duzen?« fragte er ihn, barsch wie immer; doch in einigen seiner Worte schwang Jovialität und Freundlichkeit mit. Schien es zumindest.

»Ja, würd ich gern«, antwortete Will.

»Ich aber nicht. Sie bleiben hier, Eppstein. Vognant und ich werden in Ihren Bungalow ziehen. Da gucken Sie, was? Sie haben lang genug auf unsere Kosten im Luxus geschwelgt! Sie können sehen, wo Sie bleiben; vielleicht fragen Sie bei Batschik nach, ob der Ihnen eine Pritsche leiht, oder bei diesem Flittchen Maritta! Nacht, Eppstein, und denken Sie über Ihre Fehler nach.«

Die Dünenfähre legte ab und ließ Will an der Hafenmauer in dem Schneehaufen zurück, ohne daß er auch nur einen Ton herausbringen konnte.

DIE AKTE DAVID IVENS

Ich angelte mir das Telefon, das neben einem großen Funkgerät im Schrank stand, in dem Batschik, wenn er sie nicht gerade trug, seine Uniform und die Schirmmütze aufzubewahren pflegte. Die Computer mit ihren großen Bildschirmen und grün aufleuchtenden Zahlen hatten hier noch keinen Einzug gehalten, fünfzig Meilen vom Festland entfernt, auf der sturmumtosten Hochseeinsel; nur die unsichtbaren Wellen der Post-Richtfunkstrecke hielten den Kontakt zum Kontinent, der hinter einer Schicht aus dichtem Regen, kaltem Wind und Meer verborgen war.

Eine Freundin, die bei der Bundespolizei arbeitete, versprach mir Zugang zu der Akte, die über Ivens geführt wurde. Sie war Kleptomanin, und ich hatte sie ein paarmal vor dem Knast bewahrt; aber das war eine ganz andere Geschichte.

Später stand ich mit Batschik, der mittlerweile nach Hause gekommen war und seine abgewetzte Jacke gegen einen schweinchenförmigen Bademantel aus rosa Frottee getauscht hatte, neben dem Faxgerät und hörte dem seltsamen Pfeifen und Singen zu, das aus dem beigen Plastik kam.

»Toll, was wir alles haben, nicht?« freute sich der Bulle und trank aus einer Tasse Kaffee. »Tja, die Polizei ist fixer als ihr Schnüffelhunde! Wie lange das früher gedauert hat! Ich habe ja so manche Nacht am Telefon hier zugebracht, mir vom Festland aus Beschreibungen geben lassen und mitgeschrieben; am anderen Ende wurde gefeiert, und ich durfte hier in die Röhre gucken.«

Er wies schwerfällig auf einen Aktenschrank, in dem mehrere Lagen Papierrollen zu sehen waren.

»Gut, daß das vorbei ist. Allerdings hat uns die Regierung nur ein Gerät spendiert, das keinen Schneidemechanismus hat. Na ja, die Pfeifen wollten sparen. Seitdem kommen täglich viele Meter Nachrichten ins Haus; die les ich alle durch und heb sie hier auf.«

Die Maschine ächzte weiter und begann, uns ihre weiße

Zunge herauszustrecken. Mit knarrendem Geräusch schälte sich ein nicht enden wollendes Band aus dem Kasten. Batschik, dem Hauptkommissar Rupas böses Gesicht stets vor Augen stand, griff beflissen danach und reichte die Papierbahn an mich weiter.

Die ersten Seiten erhielten nur Belangloses. Ivens war ein paarmal aufgefallen, weil er zu schnell gefahren war oder seinen Wagen an verbotenen Orten abgestellt hatte.

Dann hielt ich inne und pfiff leise durch die Zähne.

Auf einem Schriftstück stand, mit Tinte hingeschmiert, ein kleiner, unauffälliger Vermerk.

»Bonn ist mit am Ball«, sagte ich. »Kann ich ihr Telefon benutzen?«

»Privat oder geschäftlich?«

»Dienstlich.«

»Von mir aus nicht. Aber wenn Sie schon schnorren, schreiben Sie wenigstens die Einheiten auf.«

Während ich auf die Verbindung wartete, wies ich ihn auf den Vermerk hin.

»BND«, antwortete Batschik träumerisch. »Die haben's gut. Abenteuer, Weiber und Champagner. Geheimdienste – wer da ist, hat ausgesorgt. Lauter noble Herren, die herumfliegen und in feinsten Kreisen verkehren. Die arbeiten sich keinen Wolf.«

Nach ein paar weiteren Anrufen wurde ich zu einer Abteilung durchgestellt, die sich mit diesen Dingen befaßte, aber als ich mit ihrem Chef sprechen wollte, schwieg der Apparat.

»Der ist nicht da«, wurde ich von einer Frau unterrichtet.

»Wo kann man ihn erreichen?« fragte ich ruhig.

»Ist es dringend?«

»Ja.«

»Moment.«

Ich hörte, wie sie eine Pausenschaltung in Betrieb setzte.

Lange Zeit lauschte ich einer anderen Frau, die sehnsüchtig »Please hold the line!« in die Drähte rief.

Dann klickte eine gute Nachricht aus dem Hörer.

EKSTASE UNTERM TROPENHELM

Das Hotel »Riverina« war ein Vier-Sterne-Haus am sandigen Strand einer Insel am Rande des Indischen Ozeans.

Zwischen Palmen und anderen Gewächsen hatte ein schwerreicher arabischer Geschäftsmann hier viel Geld für einen weißgestrichenen Palast ausgegeben, Leute eingestellt und Köche engagiert. Nun räkelte sich in der Mitte des Palastes eine Gruppe aufgedunsener Touristen in Badehosen, kremte ihren Gattinnen den Rücken ein und äugte zu den zierlichen, braungebrannten Mädchen hinüber, die in bunten Saris barfuß herbeiliefen und breite Cocktailgläser mit gelben, kalten Drinks neben ihre Liegestühle stellten.

Es war warm, und die Männer an der Bar fühlten sich wie Topfblumen auf einer sonnenbeschienenen Fensterbank. Einer von ihnen hob ein verschmiertes Glas voller Fingerabdrücke und trank den Rest schalen Bieres aus.

»So, jetzt geh ich mal bißken schwimmen, woll?« nickte er dem dunkelhäutigen Barkeeper zu, der ihn über seinem schwarzen Schnurrbart verständnislos ansah und wie immer lächelte.

Kaum daß er das Drehkreuz, das die Hotelanlage vom Strand trennte, durchschritten hatte, wurde er auch schon von einer Gruppe dünner, in lange Hüfttücher gekleideter Männer umringt, die aufgeregt gestikulierten und radebrechend auf ihn einredeten.

»Wie geht's? Speak english? Du deutsch? Wie lang hier?«

»Zwei Wochen!« antwortete der dicke Mann. Er war ein Tourist, der gut und gerne vierzig Kilo zuviel auf die Waage brachte.

»Wann wieder zurück?« fragte ein Einheimischer mutig.

»Zwei Wochen«, wiederholte er.

Die Menge überschlug kurz die Verdienstmöglichkeiten, die sie in den nächsten vierzehn Tagen an ihm haben würde, und blieb im Hintergrund zurück.

Nur einer, den er bereits vorgestern kennengelernt und als »Richie« eingeordnet hatte, vermutlich hieß er Richiwitarajasinhapala Maharatnanayakathera oder so ähnlich, blieb ihm auf den Fersen.

»Ah, mein Freund! Wie geht's?«

»Danke, gut! Sach mal!«

Der dicke, runde Arm des Touristen, der im Licht der Sonne krebsrot glänzte, wurde ausgefahren und wies wie ein Rüssel auf das Inselchen, das sich vierzig Meter entfernt aus dem Meer erhob und mit nickenden Palmen bedeckt war.

Ein Felsen war mit bunten Farben bemalt.

»Kann man da rüberfahren?«

»Du da rübafahn?«

»Ja. Sach mal, geht dat?«

Richie zog seinen Rock höher, die Stirn kraus und lächelte.

»Ja, kannst du rübafahren. Willst fahren mit Boot? Kannst du fahren mit mir; eine Schwager hat von mir große Edelsteinmine. Ist ganz nah, nur halb Stunde mit Auslegerboot. Kannst du besichtigen Mine, kannst du besichtigen Laden, mußte nix kaufen, ist ganz günstig, goldene Ringe!«

Strahlend hielt er seine Hand in die Höhe, an der ein dicker Reif mit einem Stein und einem Monogramm glänzte.

Interessiert nahm der Deutsche seine schwere Sonnenbrille ab, musterte das grob und ungenau aus Gold zusammengehauene Schmuckstück und schüttelte den Kopf.

»Ne du. Kannste vergessen. Weißt du, wie man bei uns zu dat sacht? Scheiße is dat! Komm, hau ab!«

Und weiter ging's am Meer entlang. Eine Schar älterer Touristinnen, hellhäutig und schwer wie Elefantenbabies, watschelte an ihm vorüber und schritt kreischend in die Fluten.

Er grüßte sie mit einer Handbewegung und nahm sich vor, mit ihnen nie näher Bekanntschaft zu schließen; dann hob er seinen Bauch ein Stück, sah auf den Sand, rückte die Badehose zurecht und strich gerade die Schweißtropfen von seiner braungebrannten Stirn, als jemand ihn von der Seite her anrief.

»Mensch, Jupp, wat machst du denn hier!«

Es war ein ähnlich aussehender Mann, den er beim

Abendessen kennengelernt und der sich als Günther, Drucker aus Wanne-Eickel, vorgestellt hatte.

»Da im Hotel, da sind se schon für dich am Suchen!«

»Ja wie, am Suchen?«

»Ja, da läuft so einer von die Schwatten rum! Die mit die Tafel und dat Glöckchen, wo der Name drauf steht, wenn Oma aus Bottrop anruft.«

Er ging vorbei an einigen Insulanern, die ihm linkisch lächelnd große Marlboro- und Camel-Stangen hinhielten, auf den Zaun zu und zurück in das Innere des Hotelparks.

*

In der Lobby des Hotels war es kühl. Eine Gruppe bleicher, gerade frisch gelandeter Urlauber saß kerzengerade in den Sesseln und umringte einen tiefbraunen Einheimischen, der in einem kurzärmligen Hemd ängstlich zwischen ihnen kauerte und erklärte: »Sie können auch machen Tour, schöne Tour mit Wagen in alte Königsstadt, da können sie sehen Tempel, besichtigen Teefabrik, abends Tanz und Essen in gute Hotel, kostet vierhundert Mark.«

Mißtrauisch ließen die Zuhörer ihre Blicke durcheinander wandern.

»Hier, diese Gäste haben gestern schon gemacht schöne Tour mit Fahrer«, ergänzte nun der Reiseleiter schwitzend und nickte schwitzend einem verhärmten Mann in Anglerweste und einer Frau in dünnem Nyltest-Trägerkleidchen zu, die an ihrem Cocktail nippten, ohne eine Miene zu verziehen. »Hat Ihnen gefallen?«

»Na jo, ich hab schon bessere Duren gemacht«, antwortete der Mann auf sächsisch und verzog den Mund zu einem säuerlichen Flunsch.

»Enen Morschen hot es nur scherechnet! Und der Fahrer hot Drinkgeld verlangt«, ergänzte seine Frau klagend. Sie war etwa vierzig und sah aus, als habe sie sich aus Frust über das Reiseverbot in der DDR zur Kirchenmaus entwickelt.

»Ich mene blöß, des geht doch nich! Wös will denn dor fresche Bursch mit Drinkgeld! Fast zwee Mork het der uns abgegnöpft! Da wor doch elles mit im Fohrpreis inbegriffen!«

Genüßlich und mit platten Füßen ging der Tourist zum Tresen, ließ sich den Telefonhörer reichen und prustete hinein.

»Jacobs! Ja, wat is denn?«

Ich hatte Batschiks Telefoneinheiten durchrasseln gesehen.

Drei Minuten kosteten zwanzig Mark.

Ich hatte eine Viertelstunde lang gewartet.

DER ATEM JASTREMSKIS

»Also ährlich, Sie reißen mich mitten aus wichtigen Ermittlungen!« meinte er dann verärgert. »Wat meinen Sie, wie dat hier zugeht? Hör mal, ich hab seit Tagen kein Bett mehr von innen gesehen! Ich bin den ganzen Tach auf Achse! Mann, Sie haben Glück, dat Se mich überhaupt erwischt haben, woll!«

»Ohne Sie kommen wir hier nicht weiter«, sagte ich.

»Wie ist denn dat Wetter inne Heimat am sein?« erwiderte er versöhnlicher.

»Schnee, Sturm, Dunkelheit.«

»Hier ist dat auch nicht besser! Viel zu heiß. Am liebsten wär ich wieder zuhause innet Revier!«

»Ja.«

»Auch wat die uns hier zu Essen jeben, dat schmeckt allet nich! Aber dat issen Teil vom Job, wa? Also hören Se, wat wollen Se denn eigentlich wissen?«

Ich erzählte ihm alles und freute mich für Batschik auf seine Telefonrechnung.

»Ja, dat stimmt!« antwortete Jacobs nach einer Weile. »Wir sind am Ermitteln; hier, in Damaskus und Deutschland. Dat geht schon lange so, schon ein, zwei Jahre.«

»Haben Sie in diesem Zusammenhang irgendwann mal den Namen Ivens gehört?«

»Wie? Wie heißt dat?«

»Ivens. Carl Ivens.«

»Klar kenn ich den«, antwortete Jacobs knapp und sah einer Urlauberin nach, die mit braungebranntem Hintern und Tennis-Set unterm Arm durch die Hotelhalle schlenderte. »Hör mal, ich bin nicht viel Zeit am haben!«

»Ich nehm sie nicht lang in Anspruch. Wer ist Ivens?«

»Ja wie, wer is dat? Der is kein Unbekannter«, brummte er, griff mit einer Hand in die Hosentasche und befingerte sein Geschlechtsteil, »der ist doch vor Jahren mit en hohen Orden von Israel ausgezeichnet worden, woll? Ivens hat für die malocht, dat war en fieser Möpp, en ganz gefürchteter Einzelkämpfer! Wissen Se, dat der 'ne ganze Schwadrion im Kampf gegen musmanische

Funmentalister geführt hat? Weil, der hat inne letzten Sekunde 'nen schwatten Terroristen mit Küchentuch um Kopp daran gehindert, 'nen Kindergarten zu sprengen.«

»Ja?«

»Jou, dat ist'n richtiger Held!«

Er schwieg eine Weile und knetete unruhig die Finger vor seinem Gesicht. »Aber wat schade ist, wir haben nie geschafft, herauszufinden, wer dat Gehirn hinter die ganze Aktion damals war. Is ja egal. Seit zehn Jahren lebt Ivens jetzt irgendwo zurückgezogen im Norden bei die Möwen und am Deich, woll! Ja, aber wat komisch is, seit einiger Zeit sind Hinweise am kommen, dat dem jemand annet Leder will. Da is en Killer schwer hinter Ivens her am sein! Wat macht man da?«

»Keine Ahnung.«

»Man schickt den besten Mann dahin, der grad da ist, und der soll Ivens bewachen. Also ham wir unseren Spezialisten ausgesandt. Dat is en alter Knacker, aber fit in Personenschutz, ehrlich, echt lebenslustig und jut drauf! Ich sach Ihnen, der wird beide Augen offenhalten, dat is kein Problem!«

»Jastremski ist tot«, antwortete ich. »Er ist vergiftet worden.«

Es verging eine Weile, und ich lauschte dem Rauschen der Leitung.

»Scheiße, wieder einen verloren!« brummte er dann. »Wer is dat schuld? Wie konnt dat passieren?«

»Vielleicht wurde der Killer gewarnt«, antwortete ich. »Wer weiß noch von der Sache?«

Jacobs kam die Dänin mit der blonden Perücke in den Sinn, die er vor einem Jahr in einem Hotel im Senegal kennengelernt hatte. Vielleicht hatte er ihr doch zuviel erzählt, aber der Whisky war billig gewesen und hatte seine Zunge gelöst, die vor lauter Heimweh und Sehnsucht nach Mettwürstchen schon ganz weh geworden war.

»Ja wie, wer sonst? Keiner!« erwiderte er still. »Mann, dat tut mir leid mit unserem Mitarbeiter. Aber wat soll's. Wir sind ein schweren Job am haben! Da kann dat passieren!«

Er legte auf und sah einem dunkelhäutigen Mädchen zu, das in viel zu kurzem Rock mit viel zu langen Beinen in die Halle trat und sich suchend umschaute. Er winkte ihr zu und schlenderte hinüber.

Sie gehörte zur Band »Tropical Turtle-Combo«, die heute abend in der Bar des Hotel Riverina spielen würde – vor einem ausgelassen herumtanzenden Touristen, der sich vor lauter Spaß ein Badetuch wie einen Turban um den Kopf gewickelt hatte: Jupp Jacobs, Bundesnachrichtendienst.

DIE WELT AM DRAHT

Ich war mit Ivens im Restaurant verabredet. So unauffällig er auch schien, er war in Gefahr. Bislang war alles nur eine Vermutung, aber auf Vermutungen läßt sich vieles bauen, was unserem Leben Antrieb gibt. Die Hoffnung zum Beispiel.

Der Juwelier trug einen seiner feinen, dunkelblauen Seidenanzüge und hatte die Krawatte daran mit einer Klammer in Form einer stilisierten Uhr befestigt.

Wir aßen Hummer und tranken ein paar Gläser Wein. Die schummrigen Lampen der Fischgaststätte spiegelten sich wie blinkende Opale in seiner Brille.

»Jau, der Hummerkorb, dascha das beste Restaurant am Ort! Büschen teuer, aber ich sach immer: Es ist nur Geld, nich?« sagte er lächelnd und lehnte sich gemütlich auf seiner Eckbank zurück. »Sie wollten mich sprechen? Ist was passiert?«

»Es gibt neue Spuren«, nickte ich. »Sagt Ihnen der Name Klaus-Jürgen Branner was?«

»Nö, nie gehört«, gab Ivens zurück. »Warum? Wassen los?«

»Er war der erste Tote hier«, fuhr ich fort, »und wir wußten nicht, was passiert war, bis wir das hier fanden.«

Ich zog Klaus-Jürgens Brief aus meiner Jacke und reichte ihn Ivens herüber.

Stirnrunzelnd las er halblaut vor.

«... nach der Fahrt rund um die Insel war ich noch tierisch lange unterwegs. Und jetzt halt Dich fest: Ich bin verliebt! Ja, ich habe eine rasend nette Frau kennengelernt. Leider ist sie verheiratet, aber wir verbringen sehr viel Zeit miteinander, ohne daß ihr Mann was merkt. Erstaunlicherweise ist sie Muselmanin, aber man merkt es ihr nicht an. Sie spricht sogar arabisch.«

Dann ließ er den Brief sinken und starrte vor sich hin.

»Ivens«, sagte ich leise. »Können Sie sich vorstellen, daß es einer islamischen Frau gelingt, ihren Glauben auf Helgoland geheim zu halten?«

Er schüttelte den Kopf.

»Nö, nö, nö! Dascha nich drin. Weil, früher oder später muß sie sich verraten. Wenn man sie zum Essen einlädt und sie die Schweinechips verweigert. Oder beim Beten, Golding! Da wird man schnell bei überrascht. Ist mir auch schon passiert.«

Ich nickte. »Erinnern Sie sich an den Toten in der Mokkastube? Er hieß Waldemar Jastremski.«

»Jau, hab ich gehört!« antwortete er.

»Jastremski war kein harmloser Urlauber. Er war beim Bundesnachrichtendienst und beruflich hier. Sein Spezialgebiet war das Aufspüren und Ausschalten von Berufskillern.«

»Dascha ja schrecklich!« sagte Ivens leichenblaß. »Issas wahr? Was sucht denn so'n Kerl hier? Nö, hier tut keiner wassem anderen an. Bis auf –»

Er schwieg. Langsam ging mir sein Dialekt auf den Zeiger.

»Kann da'n Zusammenhang bestehen?« fragte er leise.

Ich nickte. »Irgendwas hat Jastremski hierher geführt, und er hatte Klaus-Jürgens Brieftasche. Klaus-Jürgen lernte im September eine arabische Frau kennen, und kurz darauf blies sie ihm das Leben aus. Auch Jastremski fand den Tod – und er war ebenfalls an der Araberin interessiert, sonst hätte er den Brief nicht gehabt.«

»Au Mann.«

»Das ist kein Zufall, Ivens. Hier ist jemand am Werk, der vor nichts zurückschreckt. Jastremski war hier, um diese Berufskillerin zu finden und zur zu Strecke bringen, bevor sie wieder zuschlägt.«

»Die Menschen sind schlecht, Golding. Wissen Sie, früher war das 'n richtig schöner Platz, wir hatten alle unsere Ruhe. Aber dascha jetzt vorbei«, meinte der Juwelier ruhig und rückte seine Brille zurecht, »woll'n Sie noch was? Gin, Korn, Küstennebel? Trinken Sie den, der ist von Behn! Doll, was? So heißt die Firma, die den herstellt.«

Der Abend zog sich in die Länge wie ein Mathematikkurs im Schulfernsehen, und Ivens wechselte in zwei, drei Sätzen das Thema.

»Fahren Sie eigentlich in Urlaub? Ich sach immer: Griechenland ist klasse, da kannsu schnorcheln ohne Ende! Auf jeder Insel isses wie hier, nur viel wärmer«, fuhr er fort. »Jo, seit Johr'n reis ich im Winter rum. Ich war schon auf den Lesbischen Inseln, im Innen von Mallorca, auf Margarita in Venezuela und auf Kho Samui in Asien. Ich hab gute Freunde da. Kann ich vorbei?«

Er rückte seinen Stuhl zur Seite und ging zum Tresen. Dort wechselte er ein paar Worte mit dem Wirt und reichte ihm einen zerknitterten Geldschein; der Gastronom verschwand und kam mit einer braunen Rolle Münzen zurück, die er Ivens in die Hand drückte.

*

Im Keller: Aus der Halbkugel der Telefonkabine vor den Toiletten waren englische Wortfetzen zu hören.

Alle paar Minuten warf Carl David Ivens ein Fünfmarkstück nach, und dann kam, von weit her, eine Antwort an sein Ohr; so leise, als hätte er sie nur gedacht.

»Hello?«

»Yes, wonderful good day, that is Ivens here! Can you please give me quick Mister Perera?«

»Yes, speaking!«

»Beautiful to have you so fast and personal direct at that phone!« stieß er rasch hervor. »How goes it you in economical relations and healthy? Good, great! I am also fine. But I'm crying you on for a special ground. Please listen me exact to. I have for some couples of minutes become a very worse information«, klang es aus dem Telefonhörer, den ein dunkelhäutiger, kassenbebrillter Vegetarier im tropischen Asien wie eine schwarze, unangenehme Wurst in seiner Hand hielt, »one has me told that the specialist whom you transported to me is no more on life! He was murdered by a poisonfilled glass from what we punch with eggs call; and I ask me really: What can you in this moment make to guarantee me the totaly safety? There's a killer on the road, and therefore am I fearing now that the situation can be getting full of dangerousness.«

»Yes, Mister Ivens, this is indeed a dangerous situation!« antwortete der Asiate gelassen und winkte einem älteren Ehepaar beruhigend zu, das sich vor seinem Schreibtisch niedergelassen hatte und dort, unter dem Rotieren des Deckenventilators, eine Reihe von Saphiren unfachmännisch anzustarren begann.

»We will send a new specialist. He will come soon.«

»I am of the meaning you should make fire under the bottom to get the operation over the stage«, rief ihm der Hörer zu, »I will not have that someone shoots at me or stick me a knife in the back. And I think Mossad pays you the money not for allowing you to lie your hands in the space about your legs.«

Der Asiate nickte. »We will solve your problem quickly«, sagte er freundlich, »just two days, Mister Ivens.«

Carl Ivens fiel ein Stein vom Herzen. Es gelang ihm

noch, sich mit ein, zwei Sätzen zu verabschieden, bevor er aufatmend einhängte und in den Waschraum ging, um seine verschwitzten Hände zu säubern.

ZWEI SEKUNDEN GLüCK

Auf der Insel schien die Sonne. Auch der Schmuckladen, in dem nach wie vor das deutsche Ehepaar in seinen kurzen Hosen saß, war lichtdurchtränkt; der Tee, den ein dunkelhäutiger Helfer des Asiaten vor es hingestellt hatte, schmeckte nach acht Löffeln Zucker.

An der Wand hing ein gedruckter Kalender. Er zeigte ein reich geschmücktes indisches Mädchen, das in golddurchwirkte Stoffbahnen gehüllt war. Es war eine Tänzerin, die mit breitem Mund und aufgerissenen Augen strahlte und an ihren Fingern besonders lange, rote Nägel schwenkte – eine echte Schönheit, was den hiesigen Geschmack betraf.

Der Besitzer des Kalenders war genau das Gegenteil. Er war etwa fünfzig, trug eine unmodische Hornbrille und das Hemd über der Hose. Er wirkte irgendwie hilflos; mit der Masche kam er fast immer durch.

Eduard, sein Besucher, stammte aus einer Gegend, wo die Erde flach und momentan von Schnee bedeckt war, aus einem Dorf am Mittellandkanal, in dem er seit vielen Jahren eine gutlaufende Apotheke führte und die reiche Freizeit, die ihm seine eifrigen Angestellten bescherten, dazu benutzte, Pferde zu züchten; schwere, dampfende Holsteiner-Pferde. Wie alle Reiter hatte er, weil ihm auf dem Rücken der Rösser oder im Stall beim Ausmisten und Äpfelauflesen keiner zuhörte, die Angewohnheit, vor allem von seinen Pferden zu erzählen. Ja, es war schon beneidenswert, wie gut und sinnvoll er sich sein Leben eingerichtet hatte.

»Grüß Gott, Frau Kuh! Wie geht's denn heut?
Das Gras noch grün, die Milch noch frisch?«
»Ja schon. Doch«, seufzt sie, »liebe Leut,
den Härtetest besteh ich nicht!

Wie soll ich denn, als Frau vom Stier,
die Karawane leiten?
Du kannst doch auf 'nem andren Tier,
dem Pferd zum Beispiel, reiten!«

»Da hast Du recht, das Pferd geht auch.
Los Kuh, sei wieder heiter!«
Er klopft ihr freundlich auf den Bauch,
das bunte Vieh grast weiter.

Charlotte, seine Frau, war gebraucht; mit Eduard war sie in zweiter Ehe verheiratet. Vor ihrer Trauung hatte sie ihre erste Lebensgemeinschaft ruiniert und eine Zeit der lockeren Beziehung, des Betrugs und der Zerrüttung veranstaltet. Auch sie war in Pferde vernarrt und lebte nun, mit seinen Moneten im Rücken, nur noch locker in den Tag hinein, um ihre stolzen Rösser Minni, Hatti und Moppel zu pflegen, die in diesem Augenblick in ihren eingeschneiten Ställen gerade einem traumlosen Schlaf nachhingen.

Der Asiate setzte seine Verkaufsbemühungen fort. Er hatte, wie in diesem Lande üblich, seine ausländischen Kunden gebeten, ihre Eindrücke von Land, Leuten und der Qualität seiner Waren aufzuschreiben.

So war im Lauf der Jahre ein schmales, abgewetztes Buch zustande gekommen, das nun vor Eduard und Charlotte ausgebreitet hatte. Mit dem Zeigefinger wies er still und stolz auf ein paar handgeschriebene Zeilen:

»Lieber unbekannter Leser, glaub uns, die Juweliere hier sind wirklich nett und vernünftig. Die wollen einen nicht über den Tisch ziehen. Wir haben das Gefühl, ein gutes Stück gekauft zu haben.«

»Zuerst waren auch wir skeptisch, aber wir werden die Saphire in Deutschland schätzen lassen. Sie sind bestimmt ihr Geld wert! Peter und Birgit Hilgers aus Bochum.«

Eduard ließ das Büchlein sinken und klemmte sich noch einmal die Lupe mit dem winzigen, blau leuchtenden Edelsteinchen ins Auge, das nicht größer als ein Streichholzkopf war.

»Beste Qualität. Dieses Saphir hört auf den Namen Kornblumenblau«, wiederholte der braune Mann.

»Was meinst du, Lotti?«

»Schön«, befand die Apothekersgattin, ohne dabei richtig begeistert zu wirken.

»Tausendfünfhundert Dollar sind ein Haufen Kohle«, antwortete Eduard, »und von Juwelen verstehst du ja auch nichts.«

»Also was? Sagen wir's ihm?«

»Ja.«

Gemeinsam blickten sie den asiatischen Juwelier an und schüttelten den Kopf.

Freundlich sah er zurück, packte mit eisigem Lächeln Waren und Teetassen ein und geleitete sie hinaus.

Als sie sein Haus verließen, sahen sie ihn ärgerlich ins andere Gebäude gehen; für einen Moment konnte Eduard dort ein paar kauernde Männer wahrnehmen, die in langen Röcken auf dem Boden hockten und dem Juwelier schwere, schwarze Eisenteile entgegenhielten, die ihn von ferne, und das war mal wieder typisch deutsch, leicht an Maschinengewehre erinnerten.

*

Mit dem deutlichen Gefühl, entweder einem Schwindel aus dem Weg oder instinktgelenkt zum tausendstenmal den bornierten Pfad des Weißen Manns gegangen zu sein und darbenden Volkswirtschaften nicht geholfen zu haben, winkte Eduard ziellos auf der Straße herum und bestieg mit seiner Frau das dreirädrige Tuk-Tuk, das mit nervös rauchendem Fahrer gewartet hatte, um hoppelnd seine Fahrt fortzusetzen.

»Wenn wir zuhaus sind, mach ich uns erstmal Mettbrötchen und eine gute Tasse Krönung«, sagte Charlotte. »Du bist das Essen hier doch auch satt. Ach, ich bin gespannt, mit welchem Wagen uns deine Eltern abholen! Mit dem Daimler oder dem Jeep?«

»Mit dem Jeep«, antwortete Eduard und richtete sich, kaum daß er die vertrauten Autonamen hörte, stolz im Tuk-Tuk auf. »Dann kann ich gleich raus zum Gestüt und sehen, wie's den Pferden geht.«

»Wie es jetzt wohl ist in Holstein?« meinte Charlotte. »Ach, ich freu mich ja schon, wenn du deine dicke Daunenjacke wieder an hast!«

Doch schon am Bahnhof, als sie den wartenden, rostrot gestrichenen Zug bestiegen, sich zwischen das Volk zwängten, ihre Bauchtaschen festhielten und nur mit Mühe und Not einen Sitzplatz ergatterten, war dieses Thema längst vergessen. Der Zug knatterte und rumpelte, er ratterte und schaukelte sie mit zwanzig Meilen pro Stunde durch die heißen, palmenbestandenen Tropenpalmwedelhaine; vorbei an Lagunen, in deren blauem Wasser kleine Inseln lagen, und weiter durch quirlige, nach Holzfeuer riechende Dörfer voll menschenübervölkerter Straßen, während immer wieder ein warmes Meer im Hintergrund auftauchte und sonnenglitzrig seine donnernden Brecher an den Strand warf.

Sie wußte nicht, wie lange sie bereits gefahren und gerattert waren, als ein ärmlich gekleideter Mann in kurzer Hose und verschmutztem Hemd, der von seiner Tochter an der Hand geführt wurde, mit kleinen Schritten in ihren Waggon trat. Er blieb ein Stück entfernt stehen und begann laut ein Lied zu singen, von dem Eduard kein Wort verstand.

Charlotte wies ihn darauf hin, daß der Sänger, wie es schien, durch ein schlimmes Schicksal offenbar erblindet war; seine Augen waren trüb und dort, wo einmal die farbenfrohe Iris geschienen hatte, sah er nun milchigstarr zu Boden.

So griff sie in die kleine Beuteltasche, die sie aus Furcht vor Dieben stets als Gürtel um den wohlgefüllten Leib geschlungen trug, und fingerte eine Weile lang unauffällig darin herum, bis sie schließlich vorsichtig die Scheine beäugte und dem armen Hund dann fünfzig Rupien in die Hand drückte.

Der Blinde nahm das Geld und begann nur noch lauter zu singen.

Die Erinnerung daran sollte sie ihr ganzes Leben begleiten.

Auch viele Jahre später noch, als die umgerechnet eine Mark fünfzig längst vergessen oder vertrunken, Eduard bei einem Jagdunfall mit dem Kopf voran ums Leben gekommen, Hatti und Moppel wiehernde Urgroßväter und Charlotte eine alte Dame mit einem Herz voller Erinnerungen geworden war, dachte sie immer gern daran zurück; wie sie einmal vor Jahren, auf einer Insel im Indischen Ozean, mit Sonnenöl im Haar und einer getönten, originell mit Plastikblumen verzierten Brille auf dem Kopf, in einem ratternden Zug in bunter Wildnis mit einer Handvoll Kleingeld einen Menschen glücklich gemacht hatte.

DER STURM BRICHT LOS

Ein Stück abseits des Strands brauten sich die Wolken zusammen. Aus aller Herren Länder waren sie herbeigereist, die südlichen Wassermassen, die von der weit entfernten Sonne irgendwann in Dampf verwandelt worden waren, und hatten mit ihren weißen Türmen, windigen Strömungen und dichten Dunstschleiern ein Gebirge geballt, das der Wind auf seinen Schultern durch die Luft trug.

Um sie herum war es eiskalt. Der Sturm rieb die Wolken aneinander und ließ sie in leisem Donner grollen.

Schneeflocken stoben durcheinander, sanken in die Tiefe und wurden wieder nach oben gerissen, hinauf in jene grimmigen Temperaturen, in denen der Regen zu Eis verklumpte.

Auf Helgoland war es totenstill. Die Kirchturmuhr schlug siebenmal; dann sank eine kalte, mondlose Nacht herab.

Vom Oberland aus sah man das von hellen Punkten übersäte Band der Milchstraße. Der Wind hatte längst aufgehört zu heulen, als sich weit hinten, am dunkelgrauen Horizont, ein fahles, schmales Wolkenband abzeichnete, das nun langsam näher kam.

Das Thermometer fiel in wenigen Minuten um vier Grad.

Die Schafe, die in einem Stall auf dem Oberland abseits der Menschen überwinterten, zitterten und drängten sich blökend aneinander.

DIE KIEFER DER MURÄNE

Nachdem in einem der mondänen Stranddörfer, einem langgezogenen, von wehenden Kleidern übersäten Badeort, eine Gruppe thüringischer Männlein in Joggingshorts, die von behaarten Eiern ausgebeult wurden, und Sachsen anhaltender Frauen, denen links und rechts die Arschbacken aus ihren zu kurzen Freizeithöschen hingen, den Zug verlassen hatte, hielt ihr Waggon schließlich mit quietschenden Rädern in einem wimmelnden Dörfchen an.

Eduard und Charlotte faßten sich an der Hand und schlappten durch die Straßen, über denen weiße Bänder und Fahnen im Wind hingen und flatterten.

Sie kamen an einem Markt vorbei, auf dem die silbernen Leiber koffergroßer Fische feilgeboten wurden. Sie sahen in eine Apotheke, in der in staubigen Glasschränken Tabletten auf Kranke warteten, und blickten zur Bushaltestelle, an der etwa vier Millionen Schulkinder in weißen Kleidern standen.

»Paß auf, du wirst ganz rot, du kriegst 'nen Sonnenbrand«, sagte Charlotte besorgt.

Im Schatten der großen Palme am Swimmingpool kremte sich Eduard ein. Sie half ihm, so gut sie es konnte, und verteilte die weiße Sonnenpaste kreuz und quer auf seinem Rücken. Es war noch hell, darum brachten sie rasch die Kamera aufs Zimmer, sperrten die Tür zu und verließen das Hotel.

Der warme Sand unter ihren Füßen ließ sich biegen, formen und kneten; so liefen sie ein Stück darauf herum, bis schließlich die Korallenbank in aller Pracht vor ihnen lag. Es war fast wie vor drei Jahren auf Jamaika, nur daß sie da noch ganz andere Sachen erlebt hatten.

Im Dschungel wohnt der Rastamann
und baut verbotene Pflanzen an.
Mit schwarzer, tiefzerfurchter Stirn
sieht man ihn durch die Büsche irr'n,
mit rot-gelb-grüner Bommelmütze
benutzt er einen Stab als Stütze.
Und wenn man ihn am Barte zieht,
singt immer er dasselbe Lied.

Des Nachts, wenn die Bananen schnarchen,
wird er zum Reggae-Patriarchen
und spielt zum Rauch der Graszigarre
ganz leis auf seiner E-Gitarre.
Weil auch der Dschungel in der Nacht
nur wenige Geräusche macht.
Doch wenn man ihn am Barte zieht,
singt immer er dasselbe Lied.

Der Mond steht hell über der Bucht,
die Affen gähnen in der Schlucht;
der Rastamann kennt keine Pause
und kommt darum erst spät nach Hause.
Empfängt die Rastafrau ihn dann
fängt er ganz laut zu schreien an.
Denn wenn man ihn am Barte zieht,
dann singt er immer dasselbe Lied.

Vorsichtig wateten sie ins knietiefe Wasser. Sie sahen einen kleinen Rochen, der wie ein lebendiger, brauner Waschlappen vor ihnen herschwamm. Vom Riff aus, auf dessen hartes Gestein sie schließlich vorsichtig kletterten, erblickten sie eine Muräne, die zwar ihr zahnbesetztes Maul zwischen den Gewächsen herausstreckte, aber leider in keinen der vorbeiflitzenden Fische biß.

Langsam gingen sie zurück, denn es gab viele Seeigel, die auf dem blank und naß daliegenden Stein auf Eduards Füße warteten.

Einer alten, aber zahnlos und verschlagen aussehenden Frau kauften sie einen Arm voller Bananen ab, und wieder mußte er sich ärgern:

»Wahnsinn! Die sind viel zu teuer!«

»Mecken abba bessa al bei uns«, antwortete Charlotte mit vollem Mund.

»Trotzdem. Fünfzig Rupien sind ja fast zwei Mark. Da kann ich die auch gleich bei Rewe kaufen!«

DIE SEE VOR HELGOLAND

Eine Strömung strich über den Grund des Meeres.

Sie hatte auf ihrem Weg durch den Atlantik eine solche Kraft erreicht, daß sie jetzt Wellen auf sich trug, die hoch wie Häuser waren und rauschend voranschwappten. Auf dem Grund war ein Gurgeln zu hören; zuweilen legte dort der Ozean den nackten Fels bloß, und in dreißig Metern Wassertiefe sah man den Rumpf eines Schiffes, der mit dem Schornstein nach oben aus dem Sand ragte.

Vor Jahren einmal war das Schiff schwarzgestrichen gewesen. Nun hatten Rost und Reibung ihr Werk getan, und Sandkörner hatten die Farbe abgeschmirgelt. Auf seinem rostigen Eisen wuchsen Pflanzen und Muscheln.

Weiter stürmten die Wellen voran, unaufhaltsam auf die Strände zu. Große, silberne Fischschwärme wurden mitgerissen und tanzten im rauschenden Wasser. Auf seiner Oberfläche brodelte die Gischt, und jedes Boot, das unterwegs war, wurde wirbelnd von den Wellen davongetragen.

In den Kombüsen schwankten die emaillierten Kaffeekannen und klapperten am Boden weiter.

Eine Seehundfamilie, die ihr Quartier auf der Badedüne genommen hatte, robbte auf breiten Flossen fiepend an Land, wo sich die schützenden Sandhänge befanden.

LETZTE WARNUNG

Später am Abend im Hotel Riverina.

Die Kellnerin schleppte einen weiteren Nachschlag an und stellte ihn vor Eduard auf den Tisch.

»Hömma, somma nachher anne Bar?« fragte vom Nebentisch aus ein Mann, den sie vor ein paar Tagen kennengelernt und der sich ihnen als Jacobs vorgestellt hatte, Jupp Jacobs, Werbeleiter der Volksfürsorge: »Kenn Se doch, dat is die, wo gefragt wird: Sach ma, wie hört sich dat denn an, wenn Menschen rundum mit Versicherung zufrieden am sein sind? Keine Sorge, Volksfürsorge, woll!«

Jacobs trug einen wulstigen Bauch mit einem speckigen Kinn darüber; man sah ihm an, daß er, wenn schon bei einer Versicherung tätig, zur Chefetage gehören mußte. Er war ein Mann, der mit geschürzten Lippen und hochrotem Kopf das Leben zu genießen wußte.

In der kleinen Bar des Hotels hockten sie in Sesseln, die aus alten Fässern angefertigt waren. Jacobs breitete seine Beine aus und sah, daß es gut war: »Ne, ist dat klasse, wat die hier für Sachen machen!«

Später redeten sie über das, was sie am Tag erlebt hatten, und schilderten Jacobs ihre Abenteuer in ruhigsten

Worten, als wäre es für sie alltäglich, über exotische Märkte zu schreiten, Händler abzuwimmeln und um Pfennige zu feilschen.

»Ich sagte also: Wenn das tausend Dollar wert ist, zahl ich dir hier, jetzt, sofort, zweitausend bar auf den Tisch! Da hat der aber geguckt, kann ich Ihnen sagen.«

»Der Stein war wirklich schön«, warf Charlotte ein.

Begütigend tätschelte ihr Eduard den Rücken.

»Komm, in Kiel kauf ich dir Dinger, die kannst du dir gar nicht vorstellen.«

»Also, ich glaub dat. Et ist schwer, wat zu kaufen, wenn ich mich nich auskenn!« antwortete Jacobs heiser. »Ham Sie noch wat gekauft? Vielleicht noch wat für Ihre Viecher?«

Charlotte prustete los. »Was soll man denen mitbringen?« rief sie und hielt sich den Bauch vor Lachen. »Vielleicht Hafer oder einen Scheffel Kleie?«

»Wir füttern sie mit vollwertiger Biokost«, erklärte Eduard. »Das können Sie nicht wissen.«

»Nö, woher denn auch? Da tu ich keine Ahnung von haben. Weil, bei mir kommt ja kein Haustier inne Bude. Und Reiten kann auch ich nicht!«

»Das arme Pferd, das Sie auszuhalten hätte!« rief Charlotte feixend. »Das biegt sich doch glatt in der Mitte durch!«

Dann wurde sie unversehens leiser.

»Tschuldigung.«

Eduard sah sie verärgert an und erinnerte sich völlig grundlos, wie es gestern gewesen war, als er im Hotelpark, wie viele andere Touristen am selben Tag auch, auf der Schulter eines Elefanten gesessen hatte.

Wie auf einem großen Männersack hatte er da gehockt, die Beine breit; auf einem großen, grauen Sack mit einzeln abstehenden, dicken Haaren.

Und erst der Haufen, den der Elefant gemacht hatte! Als große, feuchte, grüne Nuß aus Grasfasern war der Kloß genau vor einer Frau aus Hameln gelandet, die sich in ihrem Liegestuhl ausgebreitet hatte und ihn schreckerfüllt anstarrte, als ob sie das weiche Ding nun im Koffer mit nach Hause nehmen müßte.

»Seh'n Se ma zu, dat sich Ihre Frau beruhigt«, meinte Jacobs leise, »weil, dat wär schade, wenn die sich hier voll daneben setzt, ne? Ich sach immer, man weiß nie, wie ein anderer Mensch dat so aufnimmt. Und schau'n Se sich ma'n bisken um. Ne, wat is dat schön hier!« Dann sah er der Band zu, die ihr erstes Lied begann, und ein träumerischer Ausdruck begann in seine Augen zu treten.

METZGER, FREIZEIT

Eine Zeitlang stand Carl Ivens schon im Waschraum und dachte nach. Seine zehn Finger, die tagsüber Schmuck und kostbare Juwelen betasteten, fuhren nervös an seinem Jackett auf und ab, bis sie die dünne Brille von seinem Kopf genommen und eifrig zu reiben und zu putzen begonnen hatten.

In diesem Moment kam ein Fremder zur Tür herein. Es war ein vierschrötiger, unangenehmer Kerl, den Ivens einmal bei der Segelregatta kennengelernt hatte, die jedes Jahr rund um die rauhe Nordseeinsel stattfand.

Er hatte sich als Schlachter Fleischer vorgestellt, Metzger aus Westerland, der Jahr für Jahr mit seiner Jacht nach Helgoland gesegelt kam, um ordentlich »die Sau fliegen« zu lassen und, wie er sich ausdrückte, »die Leber zu trainieren«.

»Ah, Ivens!« stieß er heiser hervor und schlug ihm auf die Schulter. »Sag mal, ist ja ein Drecksturm, der da draußen abgeht, was?«

Er entblößte eine Reihe gelber Zähne und ging zur Wand.

»Da würde man kein Schwein abstechen, bei dem Wetter!« rief er nach hinten, während sich seine Hose öffnete. »Wie geht's? Was macht das Geschäft?«

»Läuft gut, danke«, erwiderte Ivens und starrte in das Gesicht, das ihm der Spiegel entgegenhielt.

»Viel verkauft, was? Blöde gibt's immer. Bei mir genauso. Wenn die wüßten, was wir Metzger in die Wurst rein tun!«

Er kam zu Ivens zurück, drängte sich an seine Seite und legte seine weichen Lippen an sein Ohr.

»Schon mal gesehen, wie so ein Vieh gemetzelt wird? Morgen abend ist Schlachtfest, bei mir auf dem Boot. Kommen Sie auch?«

»Sie sind ja betrunken«, brachte Ivens hervor und stieß ihn von sich.

»Kann man wohl sagen«, lachte der Metzger, »kann man wohl sagen!« Dann sackte er plötzlich in sich zusammen und blieb neben dem Waschbecken sitzen. Hohl blickte er den Juwelier, der sich zum Fortgehen anschickte, an und atmete schwer.

»Die Einladung gilt!« sprach er mühsam. »Morgen

Punkt acht will ich Sie mit leerem Bauch auf meinem Boot sehen! Und wenn Sie nicht kommen...«

Er hob die Hand an den Kopf und machte die Geste des Hals-Durchschneidens.

Ivens haßte ihn dafür.

VERTRIEBEN AUS DEM PARADIES

Gewaltige Wellen krachten auf die Mauern vor der Hafeneinfahrt, meterhoch spritzten sie auf und zerbarsten mit einem Donnern. Der Wind heulte wie ein Schloßhund die Dachpfannen an, die auf ihren Giebeln klapperten, als wollten sie sich mit fortwehen lassen. Raschelnd trieb er die Schnipsel eines Plakates über die Straße, und die Wogen rauschten zornig und unablässig wie ein aufgeregter Bienenschwarm.

Die Luft roch nach Salz und war schneidend kalt; ich konnte kaum aufschauen und fühlte mich, als hätte man mich am Nordpol ausgesetzt.

Dann begann wieder das Wasser vom Himmel zu fallen. Erst sanft und zart wie Sprühnebel; bald jedoch rauschten auch größere Brocken Schneeregen zu Boden.

Unter dem Prasseln des Regens ging ich zur Hummerbude, in der ich vor ein paar Stunden mit dem Fischer geredet hatte.

Er war immer noch damit beschäftigt, den Motor zu reparieren, und blickte nur kurz auf.

»Gefunden, was Sie suchten?«

Ich nickte. Für einen Augenblick wandte er mir ein

Profil zu, das an eine holländische Geneverflasche erinnerte.

Störtebeckers korpulente Nachkommen, so mußten sie aussehen. Er schwieg, während der Regen mit Hunderten von Fingern auf das Dach der Hütte trommelte.

»Ein Boot ist verschwunden«, sagte er schließlich. »Anscheinend gibt's hier doch Diebe.«

»Wo kann es sein?«

»Gibt nicht viel Möglichkeiten«, kam es knapp zurück, »Bei dem Sturm kommt es nicht weit; es muß ankern. Vielleicht liegt es irgendwo draußen an den Maueranlagen bei der Langen Anna. Der Kahn muß immer noch in der Nähe sein.«

Ich stand auf und tastete nach meiner Pistole.

Ich hatte genug gehört.

Jemand war dabei, sich von der Insel abzusetzen.

Als ich wieder auf den nassen Asphalt trat, flackerte der Himmel rot und drohend auf. Der Sturm schrie; krachend schlug ein Blitz in den Leuchtturm ein und ließ ein blendend weißes Licht über die Insel zucken.

Wenn die Erde gebebt hätte, es hätte mich nicht gewundert.

Durch die Schnüre des Wetters ging ich zu Batschiks Haus, hinter dessen Fenstern noch muntere Lichter brannten. Zu meiner Überraschung war auch Will eingetroffen und trank unter den Augen des Inselpolizisten eine große, dampfende Tasse Rüdesheimer Kaffee.

»Warum bist du nicht im Bungalow?« fragte ich.

»Rupa und Vognant haben uns rausgeschmissen«, antwortete er. »Setz dich, nimm ein Heißgetränk und hilf jammern.«

»Dazu besteht kein Grund«, sagte ich trocken und nahm Platz.

Das, was ich zu sagen hatte, ließ Will Eppsteins Mund aufgehen und ein paar Stunden offenstehen.

EDEN, HELGOLAND

»So, willkommen, herrlich!« sagte Frank Rupa laut, als er die eingefrorene Tür des Bungalows aufknirschte und in den Raum trat. Das Holzhaus war, wie die gesamte Düne, menschenverlassen. An seinen Fenstern schillerten Eisblumen in allen Farben, und der Wind heulte rappelnd an den Fensterläden.

Das erste, was Vognant tat, war, mit klammen Fingern heftig an der Heizung herumzudrehen. Nach und nach sickerte Wärme in die Stube, und eine halbe Stunde später konnten sie bereits die Handschuhe ausziehen und sich ans Zubereiten eines Abendessens machen.

Es war ein karges Mahl. Außer Matjes, Brot und Bier hatten sie nichts im Kühlschrank finden können; und so aßen sie ernüchtert all die Vorräte auf, die Will im Lauf von Wochen gesammelt und für später aufgehoben hatte. Im Schränkchen neben der Anrichte fanden sie eine Packung Kartoffelchips, die sie krachend in kleine Brocken zerbissen, und danach stießen sie mit Bierflaschen an, rauchten und redeten.

Es war der Staatsanwalt, der schließlich, nach drei Flaschen einem dringenden Bedürfnis folgend, den Bungalow verließ und sich auf dem Weg zum Klo hoffnungslos verirrte, irgendwo in den Schnee pinkelte, an neunundzwanzig Türen leerer Hütten klopfte und erst in letzter Sekunde wieder auf Frank Rupa stieß, der angeheitert am Fenster lehnte und mit seiner Pfeife die Bude vollpaffte.

Vognant war Nichtraucher und konnte nicht in Räumen schlafen, in denen der Gestank von Kippen und verbranntem Tabak hing.

Rasch stellten sie fest, daß der Qualm nur abzog, wenn man die Haustür offen ließ.

Allerdings wurde es daraufhin schneidend kalt, und weder der Schlafsack noch der elektrische Ofen, der auf vollen Touren bullerte, konnte ihren schlotternden Körpern Wärme geben. Eng aneinandergekuschelt schliefen sie schließlich ein, um zwei Minuten später panisch aufzuschrecken.

Ein schreckliches Krachen zerriß die Nacht, gefolgt von einem zuckenden Lichtschein.

Fünfzig Meter über ihnen tobte ein Gewitter, und der nächste Blitz knallte mit aller Gewalt auf den nahen Flughafen herab.

Für Sekunden war es taghell.

Und es blieb hell. Frank Rupa hatte Licht gemacht und kramte im Kühlschrank herum; doch auch sein verbitterter Biß in einen der letzten verschrumpelten Äpfel, die Will aus dem Spätsommer herübergerettet hatte, konnte ihn nicht mehr beruhigen.

Er verbrachte eine schlaflose Nacht und nahm sich vor, es ihm am nächsten Morgen heimzuzahlen.

Währenddessen hatte sich Will ans Telefon gehängt und in Tinas Vergangenheit gestöbert. Sie hatte früher als Model gearbeitet, und jetzt hatte er Paris in der Leitung. Ehe er sich versah, war er im Vorzimmer Karl Lagerfelds gelandet, der gerade eine große Modenschau vorbereitete, darum nur noch halbwegs wach, aber jedenfalls auf war und sich mit einem bunt bemalten Fächer Luft zuwedelte.

Lagerfeld war nicht besonders gesprächig, und als die Rede auf Carl Ivens und seine Frau kam, hielt er angeekelt den Hörer weg.

»Sie war ja nicht aus meinem Team«, meinte er schließlich lispelnd. »Sie ist eigentlich nur ein schlechtes Model, das sich gut verkauft. Jedes Kleid sieht schrecklich an ihr aus, wie ein Fummel. Nein, sie hat einfach keine gute Figur.«

»Ist sie dick?« fragte Will aufgeregt.

»Dick, das würde ich nicht sagen. Sie ist meinetwegen durchaus grazil, aber irgendwie fremdartig«, antwortete das Telefon. »Beispielsweise, wenn ich lange Säcke herstellen würde oder eine Kollektion von Kitteln, dann würde ich sie sofort nehmen. Aber für Prêt-à-porter? Nein, wirklich nicht.«

Am nächsten Mittag, als die Sonne schon vier Stunden lang bleiernes Licht auf die Dächer Helgolands geworfen hatte, begrüßte ich zwei schlappe, unrasierte Männer, die im Hafen in Mänteln standen und frierend in ihre Hände pusteten.

»Gut geschlafen, Rupa?«

Der Hauptkommissar sah schlecht aus, sah mich müde an und schüttelte den Kopf.

»Wo steckt Eppstein?«, knurrte er finster. »Pennt der immer noch? Hab ich mir gedacht. Wenn der Mann nicht in fünf Minuten gewaschen und gestriegelt hier ist, reiß ich ihm persönlich den Arsch auf. Dem häng ich ein Disziplinarverfahren an, und dann ist er endgültig weg vom Fenster!«

»Sie brauchen nicht zu warten«, erwiderte ich ruhig. »Will kommt nicht.«

Rupa zupfte sich mit einem Ruck die Brille aus dem Gesicht.

»Was?« brüllte er los, während Vognant zusammenzuckte und unwillkürlich hinter seiner Aktentasche Deckung nahm. »Jetzt ist er geliefert! So 'ne Flasche können wir Profis nicht brauchen. Der kann seinen Stern abgeben!«

Ich nickte.

»Das hat er auch vor.«

Und händigte ihm Wills Dienstmarke und seine Pistole aus.

Ernüchtert nahm Rupa sie an, starrte ratlos darauf

und steckte beides schließlich in die Innentasche seines Mantels. Alles, was sich an Wut angestaut hatte, hing nun in der Luft. Er pustete eine weiße Atemwolke aus und sagte eine ganze Weile lang keinen Ton, während er in seinem Kopf herumkramte und panisch nach einem neuen Feindbild suchte.

Und dann begann ich zu erzählen.

»Haben Sie gewußt, daß es hier einen Juwelier gibt, der mit Halsketten und Uhren handelt und an allen Ecken und Enden den Helgoländer Ehrenbürger heraushängt? Ein harmloses Kerlchen, dachten wir zuerst, das sich mit Frickelarbeit, Gold und Reparaturen über Wasser hält. Aber schließlich haben wir seine Akte gesehen. Wir haben sie gestern vom Festland bekommen.«

Ich griff in mein Jackett, zog die lange Faxrolle heraus und drückte sie Vognant in die Hand.

Rupa sah mir fassungslos zu.

»Carl David Ivens«, fuhr ich fort, »ist für die Leute, die in den Behörden ganz weit oben hocken, kein Unbekannter. Ich habe mit einem vom BND gesprochen; einem, der im Orient die Drecksarbeit macht. Ivens war lange Zeit beim israelischen Geheimdienst und hat im Sand der Wüste Terroristen aus dem Weg geschafft. Einige Araber haben ihm das nie verziehen. Heute lebt er hier, und wie's scheint, will ihm jetzt jemand an die Wäsche.«

»Glaub ich nicht«, antwortete Rupa und wandte sich an Vognant. »Jetzt wollen wir mal sehen, was wir heute anstellen. Wie wär's mit dem Aquarium?«

»Ivens ist also in Gefahr. Auch die Israelis hatten davon Wind bekommen, und die lassen keinen ihrer Leute hängen. Die Kontakte liefen über Asien, und schließlich wurde sogar ein Spezialist vom BND nach Helgoland geschickt, um Ivens zu beschützen. Doch er kam zu spät; der Killer, der auf Ivens angesetzt war, war bereits hier. Und er selbst wurde sein nächstes Opfer. Ja, Jastremski starb, weil er den Auftrag hatte, den Killer zu stoppen. Als er in der Mokkastube Eiergrog trank, flößte ihm jemand Gift ein.«

»Und Klaus-Jürgen?« meinte Vognant stirnrunzelnd.

»Klaus-Jürgen war den Arabern aus Zufall in die Bahn geraten. Er lernte eine Frau kennen, die er für harmlos hielt; das war ein Fehler, wie so oft im Leben. Als er einem Freund schrieb, steckte er damit sein Todesurteil in den Kasten. Irgendwie geriet der Brief Jastremski in die Hände, doch bevor er handeln konnte, zog man ihm den Stecker raus. Die Frau hat den Brief anschließend ins Meer geworfen, und es war reiner Zufall, daß wir ihn fanden. Aber sie hat nicht damit gerechnet, daß Ivens noch einen Schutzengel hatte. Einen namens René Johnson.«

»Interessant«, nickte Vognant. »Was hatte der damit zu tun?«

»Johnson war Ivens bester Freund. Vor ein paar Tagen hörte er, was der Pfarrer auf der Versammlung erzählte. Die Frau, die auf Ivens angesetzt ist, hatte gebeichtet, um ihre Seele zu erleichtern«, erklärte ich, »und am selben Abend besuchte Johnson den Pfarrer und fragte ihn aus. Der Geistliche hält schlecht dicht, als Deich könnte man ihn jedenfalls nicht gebrauchen; wahrscheinlich hat er Johnson irgendwas über die Frau erzählt. Als wir beim Pfarrer klingelten, ließ er ihn durch den Bunker fliehen. Einen Tag später wurde Johnson tot aufgefunden, erschlagen im Schnee. Er ist gestorben, weil er dieser Frau gefährlich wurde. Vielleicht hat er sie besucht und zur Rede gestellt. Und als nächstes steht vermutlich der Pfarrer auf ihrer Liste.«

»Ach«, grunzte Rupa, hielt ein brennendes Streichholz an seine Pfeife und sog die Glut auf, »ich dachte schon, Johnson wäre der Mörder.«

Ich schüttelte den Kopf.

»Sie ist noch hier, und sie ist ganz nah dran. Wahrscheinlich hält sie sich in Ivens Umfeld auf.«

Mein letzter Satz war an den Hauptkommissar gerichtet, der sich seine Pfeife mit einem lauten Klicken wieder zwischen die Zähne steckte.

»Gute Arbeit, Golding. Klasse, Sie im Team zu haben. Ich bin übrigens zu denselben Schlüssen gekommen. So, jetzt wollen wir losgehen und diesem, wie heißt der noch?«

»Ivens.«

»Ivens gehen und seinem Umfeld auf den Zahn fühlen.«

WILLKOMMEN IN DER WIRKLICHKEIT

Es war schon gegen zehn, und die Luft war kalt und neblig, als wir aus dem Fahrstuhl auf das Oberland traten. Nur ein paar einsame Möwen flatterten auf; der Wind heulte und war dabei, den Schnee zurück in die See zu blasen.

Ivens wohnte in der Otto-Bartning-Straße, ein paar Meter abseits der Kirche. Seine Haustür war grün gestrichen, und ein vergoldeter Klopfer in Form einer Löwenpfote hing in ihrer Mitte.

Ich griff danach und hob ihn an.

Ein melodisches Klingeln war im Inneren des Hauses zu hören, und bald darauf kam sein Besitzer und öffnete die Tür.

Ivens trug einen seidenen Bademantel und hielt eine Zigarette in der Hand, die an einem spitzen Röhrchen aus Perlmutt vor sich hin brannte; die andere Hand hielt ein Taschentuch umklammert.

»Moin moin! Dascha 'ne dolle Überraschung! Kann ich was für Sie tun, die Herren?« begrüßte er uns freundlich, doch die Glut seiner filterlosen Güldenring zitterte. »Komm Se rein! Heut bin ich n'büschen krank, da könn Se mich nich im Laden finden.«

Wir folgten ihm ins Wohnzimmer. Ivens wies auf eine Sitzgarnitur aus altenglischem Rosenholz und ließ uns Platz nehmen.

»Jau, wie isses draußen, immer noch kalt? Kann ich Ihnen 'nen lütten Cognac anbieten?« fragte er. »Einen heben Sie doch, nich?«

»Aber nur einen kleinen«, nickte Rupa und sah zu, wie er ein paar Gläser aus einem Wandschrank nahm. »Sie wollen doch sicher wissen, warum wir hier sind?«

»Jau, da bin ich schon ganz fickrig drauf«, antwortete Ivens. »Woll'n Sie Fragen stellen oder wassas sonst hier? Da war gestern Golding hier, ich bin durchaus im Bilde, abba weiß von nix, und außerdem hab ich immer 'n büschen Angst vor der Polizei. Dascha zwar so, daß auch hier die Gesetze gelten, nich; aber ich bin Jude, und da müssen Sie gar nicht erst versuchen, mich zu belästigen.«

»Wollen wir auch gar nicht.«

»Jau, des will ich hoffen! Erst wor'n ja die Dänen hier, dann komen die Schleswiger und Briten. Achtzehnhundertneunzig erst issi Insel deutsch geworden, wissen Sie. Nö, wir ham nie gute Erfahrungen mit Behörden gemacht, da werden Sie verstehen, daß ich nix sagen kann.«

»Brauchen Sie auch gar nicht. Vognant ist mein Name, von der Staatsanwaltschaft«, stellte sich nun der Beamte an Rupas Seite vor. »Ach, Herr Ivens, wir wollen eigentlich nur eins wissen: Ist Ihnen in Ihrem Umfeld in letzter Zeit irgendwas aufgefallen?«

»Eine Frau, die arabisch spricht?« drängte sich Frank Rupa vor. »Es ist wichtig!«

»Jau, dascha stark, die Araberinnen sind goile Nummern«, sagte Ivens grinsend. »Klar hab ich schon drüber nachgedacht! Hilft aber nix, weil kenn ich nicht!«

»Und Ihre Frau?« fragte Vognant. »Eppstein hat herausgefunden, daß sie aus Syrien stammt.«

Carl Ivens schüttelte den Kopf. »Wer hat Ihnen denn den Bären aufgebunden? Nö nö, die kommt aus Norwegen, nich? Tina Maria Sonderholm, dassis ihr Geburtsname. Hab ich selber vor'n paar Monaten im Urlaub kennengelernt. Reicht das, oder brauchen Sie noch mehr Beweise, zum Beispiel, was für Schmuck sie trächt? Um ihren Hals hängt ein schweres Goldkreuz, und zu unserer Hochzeit kam der Weihwasserbischof von Pinneberg! Als Gast natürlich nur. Den Tüddelkram, den können Sie voll vergessen; wir sind normal, Tina und ich. Aber wennsu nicht glauben willst, frag selbst!«

»Was soll man mich fragen?« ließ sich eine Stimme

vernehmen. Tina Ivens war ins Zimmer getreten, lächelte und sah ihren Mann an. »Is was, Dicker?«

Ich sagte ihr, daß sie sich keine Sorgen machen sollte und bat sie, für Rupa, der den ganzen Vormittag nichts gegessen hatte, ein Schnittchen zu machen. Ich half und schnitt das Brot, während sie in der Küche summend neben mir stand, Butter und Knackwürste vermengte und wir übers Essen sprachen. »Am liebsten Schweinebraten!« sagte sie dort strahlend. »Herrlich, wenn die Kruste dick ist, und dazu Obstler und Weißbier. Was gibt es Schöneres als bayerische Würste?«

Bei ihrer Begeisterung mußte sie rund wie eine Tonne sein. Sie schwärmte etwas zu sehr davon; wahrscheinlich war das Teil ihres Trainings gewesen.

In diesem Stil fuhr sie fort: »Überhaupt, das Südländische. Dort sind die Menschen anders, ehrlicher, grundanständiger. I hob ja neulich in Bayern die Wieskirch'n g'sehen. Und freilich gleich gebetet«, fügte sie stolz hinzu. »Das mag etwas altmodisch sein, aber ich weiß, daß unser Schöpfer lebt.«

Sie sprach, als hätte sie das Gefühl, sich rechtfertigen zu müssen, und als wir wieder das Wohnzimmer betraten, warf ich Frank Rupa einen Blick zu und nickte.

Er verstand.

*

Kurze Zeit darauf blickte Rupa von seinem Butterbrot hoch, griff nach dem Cognac und trank ihn auf einen Zug leer.

»Lecker. Also, Ivens, wir brauchen nicht mehr viel. Nur noch ein Hinweis, dann sind wir am Ziel. Wir überprüfen alle Leute, die mit Ihnen zu tun haben. Machen Sie nicht den Blödmann.«

Carl Ivens wurde blaß, und seine teure Brille glänzte im Schein der Beleuchtung.

»Sie können das Versteckspiel aufgeben«, nickte ich ruhig, »und Sie sollten das schnell tun, denn Sie haben keinen mehr, der sie beschützen kann. Auch der Mossad nicht. Jastremski ist tot, und Johnson wurde gestoppt, bevor er Hilfe holen konnte. Und auch Hauptkommissar Rupa kann nichts unternehmen, er ist kein Spezialist auf dem Gebiet.«

Sie haben alles herausgefunden, dachte der Juwelier bitter. Nun gut, das mußte eines Tages so kommen.

»Jau«, nickte er langsam. »Hassu das ernst gemeint? Ich bin in Gefahr, aber kann nich viel passieren; nö, ich hab kein Bammel, wo Sie bei mir sind, Golding! Und in meim eigen Haus wird kein Bösewicht aufkreuzen! Das Leben kann doch Spaß machen! Und der Mörder, weissu, der is bald –»

Er fuhr herum und schrak zusammen.

Tina Ivens stand hinter ihm und lächelte. Sie hatte alles mit angehört, aber diesmal war es keine frohe Miene, die sie in den Tag hielt.

Eine schwarze, flache Pistole lag in ihrer Hand, und sie sah aus wie ein Spielzeug, das einem Mann das Herz umdrehen konnte.

Ivens blickte eine Weile lang in ihr Gesicht und begann dann unsicher zu lächeln und mit seinen Händen zu ringen.

»Mannomann, Tina!« sagte er leise. »Dascha'n Ding! Und ich dachte, wir sind Freunde.«

Er blickte zu Boden, senkte den Kopf und wurde eine Weile lang rot wie die Statue des Perikles auf dem Marktplatz von Athen, die eines Tages aufwachte, an sich heruntersah und feststellte, daß sie seit tausend Jahre ohne Hose dastand.

»Tina«, fuhr er fort, »jetzt is alles klar, nich? Ich hab immer gedacht, du hättest Bammel vor der heißen Sonne, wo du draußen immer so bedeckt herumgetigert bist. Du, weissu noch, wie du noch nach unserer Hochzeit dieses bescheuerte Kopftuch getragen hast? Da hab ich mir vierzehn Tage lang umsonst Sorgen gemacht, Schiete.«

»Ja, David«, entgegnete sie, und ihre Augen glommen leuchtend auf. »Willkommen in der Wirklichkeit.«

Er schrak zusammen und biß mit aufgerissenen Augen auf seine Lippen.

Ich sagte: »Es muß ein hartes Training gewesen sein.«

Sie nickte. Die Mündung ihrer Waffe zeigte unbeirrt auf Ivens' Leib.

»Zu hart für einen Mann. Für mich gerade hart genug. Seit Monaten habe ich auf diesen Tag gewartet. Und ihr, ihr hättet fast alles verdorben. Vier Monate an seiner Seite!«

Sie schwieg, und Tränen schossen aus ihren Lidern hervor.

»Ich habe das Leben einer Fremden führen müssen. Wie sind Sie auf mich gekommen?«

»Karl Lagerfeld erwähnte ihre Fesseln«, erklärte ich leise. »Man kann die Haarfarbe und Stimme ändern, aber nicht die Dicke der Beine.«

Sie nickte und verzog die braune Haut, die in den Falten schon ganz weiß war, zu einem Lächeln.

»Lagerfeld. Auch er steht auf der Liste. Ich hasse ihn, wie ich euch alle hasse. Ich hasse die Koteletts, die ich braten und essen mußte. Ich hasse die Wochen, in denen ich nicht nach Mekka beten konnte, sondern in der kalten Kirche husten mußte, um mich nicht zu verraten. Der Pfarrer glaubt noch immer, daß ich den Papst verehre. Er hat doch keine Ahnung! Bald werde ich ihn besuchen, und kann sein, daß dann aus seinem Beichtstuhl ein Eimer Blut rinnt. Was aus ihm wird?«

Sie grinste und verzog ihre Augen zu Schlitzen.

»Hölle! Ihr werdet braten und mit Spießen aufgeschlitzt werden. Aber ich hab ausgesorgt. Für mich gibt's eine große Belohnung; man hat mir das ewige Paradies versprochen.«

»Frauen kommen im Islam doch gar nicht in den Himmel«, gab Frank Rupa zu bedenken.

Sie hob die Waffe und feuerte einen Schuß ab.

Neben dem Hauptkommissar zerplatzte eine Vase; er griff sich an den Kopf und ging rasch in Deckung.

»Mein Volk wird siegen!« rief sie lachend. »Ihr könnt machen, was ihr wollt, ihr… Europäer. Wir haben keine Heimat, aber Zeit. Und während ihr in euren Häusern, Firmen, Kirchen arbeitet, haben wir schon die Messer geschliffen, um euch abzustechen.«

Ivens antwortete. »Nö, daschan Ding, das nie geschehen wird. Weissu, Davids Schwert ist wachsam, und wir werden bestimmt siegen, du!«

»Vielleicht«, sagte Tina leise, »aber du wirst es nicht mehr erleben. Das ist für mein Volk.«

Sie drückte ab.

Die Kugeln schlugen in Ivens Körper ein und richteten schwere Verwüstungen an. Ein Geschoß zerriß die Milz und ihre Blutgefäße, ein anderes prallte an den Rippen ab und blieb in seiner Lunge stecken.

Er hustete.

»Stirb, du Hurensohn!« schrie Tina heiser.

Wieder ratterte die Pistole in ihrer Hand eine Garbe von sich, und ihr Mann fuhr zappelnd herum, griff ächzend an seine Brust, sackte zu Boden und begann dann heftig aus dem Mund zu bluten. Tina richtete die Waffe auf sein Gesicht und lachte höhnisch auf.

Dann nickte sie verächtlich.

»Klaus-Jürgen«, sagte sie leise.«Ich habe ihn geliebt, aber ich mußte ihn töten. Sonst wäre er dahinter gekommen. Scheißjob!«

Dann zeigte sie mit dem rauchenden Lauf der Pistole auf Frank Rupa, der sich halb hinter dem Wandschrank verkrochen hatte.

»Farewell, alter Mann«, sagte sie höhnisch. »Du Stück Aas bist zu schade, eine Kugel zu vergeuden.«

Er wollte etwas sagen, hielt dann aber doch den Mund. Sie hob die Waffe, schwenkte damit durch den Raum und ging rückwärts zur Tür hinaus.

Carl Ivens sah zur Decke. Ein grausamer Schmerz bohrte in ihm herum und knabberte an seinen Knochen. Blut sickerte über seine Lippen. Er sah sein erstes Spielzeug, seine Großeltern, das Boot, auf dem er damals geflohen war, den Kibbuz und die Handgranaten, die Toten und die Sandstürme über der Wüste Negev, die Werkbank eines Goldschmieds, Tinas letzten Kuß und eine rote Wand, die sich mit Brausen auf ihn zuschob.

Und dann nichts mehr.

Er war tot.

In diesem Moment schlug eine Uhr auf dem Kaminsims. Es war eine alte, ungenau gehende Segelschiffuhr, und sie schlug, wie sie wollte: Dreimal.

»Wenn ich mal telefonieren darf?« unterbrach Rupa die Stille.

Vognant nickte stumm zum samtüberzogenen, bestickten Telefon hinüber, das neben der Uhr stand und mit einem Kabel an die Wand gebunden war.

»Danach sollten wir aber gehen. Ich bin nicht gern, wo Leichen liegen.«

»Ich bleibe, solang's mir paßt«, raunzte Rupa und wählte eine Nummer. »Ein Gutes hat das Ganze. Jetzt wissen wir, wer die Frau ist. Ist dort die Nordseeklinik? Ein Arzt kann nicht mehr helfen, aber jemand muß den Totenschein ausstellen. Haben sie 'nen Kugelschreiber da?«

Im Badezimmer sah er dann, daß der Wind den Vorhang durch den Rahmen gezogen hatte und daran herumzerrte.

Tina war geflohen.

Frank Rupa kletterte auf das Fensterbrett und sprang herunter. Er hörte, wie ihm Vognant folgte.

Er zog seinen schweren Revolver aus dem Schulterhalfter, sah ihre tiefen Schuhspuren im Schnee und lief schnaufend in den Nebel hinaus.

WILLS ENTSCHEIDUNG

Will Eppstein saß an Marittas Bett und wurde von ihr gestreichelt; als ich ins Zimmer trat, blickte er nur kurz auf und lehnte sich zurück, um dann weiter in einer Fernsehzeitschrift zu blättern.

»Es geht um Leben und Tod«, bemerkte ich ruhig.

Er schüttelte den Kopf.

»Ich bin nicht im Dienst.«

»Doch, bis dein Entlassungsgesuch angenommen ist. Du mußt das alles schriftlich machen.«

»Um Rupa den Triumph schwarz auf weiß in die Hand zu geben? Hah, wüßte nicht, was ich lieber täte!« antwortete Will brummig, bis ich meine Hand auf seine Schulter legte.

»Soll er das letzte Wort behalten und die Lorbeeren kassieren?« fragte ich leise.

Durch Eppstein ging ein Ruck; er schien ernüchtert. Dann nickte er.

»Bis gleich, Maritta«, flüsterte er der ungeschminkten Gestalt zu, die ruhig atmend im Kopfkissen lag. »Ich bin bald zurück.«

Als wir auf das Oberland kamen, lag ein dichter Nebelteppich über den Felsen. Wir traten in die wattigen Wolken und eilten den Fußspuren nach, die sich vor uns abzeichneten und kreuz durch den Wind und quer über den Schnee führten.

Als Will und ich am Rande des Abgrunds ankamen, bot sich uns ein seltsames Bild. Neben dem Weg, zwischen Eis und roten, halbverwitterten Steinen, lag jemand am

Boden ausgestreckt und hielt krampfhaft eine Aktentasche umklammert. Es war Vognant, der Staatsanwalt.

Seine andere Hand war verdeckt, und als ich näher kam, sah ich, daß sie mit einer Handschelle an das Geländer gekettet war, das den Felsen, an dessen Fuß tief unter uns das Meer rauschte, vom Oberland trennte.

Er stöhnte und zog wimmernd ein Bein an seinen Körper heran.

Blut rann in nassen, pulsierenden Strömen daraus hervor.

»Wo ist Frank Rupa?« rief Will und schüttelte ihn.

Vognant nickte mit schmerzverzerrter Miene zum Felsen herüber und ächzte. Tränen liefen über seine Wangen.

»Helfen Sie ihm zuerst!« brachte er hervor und ließ seinen Kopf sinken.

Will sah herüber und erstarrte. Dort waren zwei Hände zu sehen, die mit weißen Fingern aus dem Abgrund kamen und sich an die Böschung klammerten.

Langsam ging er darauf zu.

Sie gehörten dem Hauptkommissar, der dort ungeschützt in der Kälte dreißig Meter über dem Strand baumelte. Mit letzter Kraft hielt er sich an einem alten Eisenrohr fest, daß bei der Sprengung der Bunker wie ein rostigbrauner Knochen aus der Erde hervorgetreten war.

»Hallo, Rupa«, sagte Will trocken. »Ist Tina entkommen?«

Der Hauptkommissar verzog sein faltiges Gesicht und nickte bitter zu ihm hoch.

»Sie hat uns aufgelauert. Ich hab versucht, ihr die Pistole zu entreißen, aber dabei hat sie mich in den Abgrund gestoßen. Die Frau hat Kräfte wie ein Bär! Verdammt nochmal, wenn dieses Rohr nicht wäre, läge ich längst schon da unten im Dreck.«

Er schwieg.

»Sie haben mir das alles eingebrockt! Ich werde dafür sorgen, daß Sie das bereuen!«

»Wo ist sie hin?« fiel ihm Will ins Wort.

»Zur Langen Anna. Eppstein, das haben Sie schön in den Sand gesetzt. Ich bin menschlich, wie gesagt, schwer enttäuscht von Ihnen. Ich dachte, auf Sie warten große Aufgaben; aber wer weiß, vielleicht nimmt Sie ja jemand in einem Cottbuser Gefängnis.«

Will griff nach dem am Boden liegenden Revolver und ließ ihn achtlos in seine Tasche gleiten.

Dabei fiel ihm Rupas Pfeife auf, die ein Stück abseits auf dem Boden qualmte. Er holte mit dem Fuß aus und kickte das Rauchgerät kurzerhand in den Abgrund.

Traurig sah ihm Rupa nach, wie es von Felsen zu Felsen hüpfte und in der Tiefe zersprang. Dann hob er wieder den Kopf.

»Ich kann mich hier kaum halten. Ich sage das nicht gern, aber helfen Sie mir! Das ist ein Befehl!«

Will kniete nieder und wollte seine Hand ausstrecken, aber dann hielt er mit einem Mal inne und blickte Rupa nachdenklich an.

»Mein ärgster Feind in meiner Hand«, meinte er leise. »Was würden Sie an meiner Stelle tun?«

Rupa wurde rot. »Also, wenn Sie mich so fragen, ich, äh, ich…«

»Ich erwarte eine ehrliche Antwort.«

Mit tiefer Stimme sagte Rupa nach einer Weile: »Mein

Schicksal würde zu beklagen sein.« Verdrießlich wandte er sein Gesicht zu Seite.

Will blickte ihn nachdenklich an.

Dem Hauptkommissar gingen oben auf dem Schädel schon massiv die Haare aus. Eine Reihe unzusammenhängender Gedanken schoß Will durch den Kopf, ohne eine Entscheidung auszulösen.

Dann streckte er seine Finger aus und umschloß Rupas Handgelenke.

Mit aller Kraft zog er den hageren Mann auf sicheren Boden und ließ in dort im Schnee liegen.

Rupa keuchte, richtete sich mühsam auf und blickte ihn schwer atmend an.

»Nehmen Sie Ihren Herrn Vognant, besteigen Sie ein Schiff und fahren Sie hin, wo sie hergekommen sind«, rief Will ruhig. »In Ihre Fußstapfen will ich nicht treten! Vielleicht erkennen Sie später mal, daß Feindschaft nie durch Feindschaft zur Ruhe kommt, sondern nur durch Versöhnlichkeit. Das ist ein Gesetz, Rupa. Nicht Ihre Paragraphen und Befehle.«

Frank Rupa nickte betreten.

»Ich habe Fehler gemacht«, antwortete er leise. »Sie aber auch.«

Will lächelte.

»Max bringt Sie ins Krankenhaus. Wir sehen uns später.«

DER KLETTERGARTEN

Der Nebel umfloß Will wie eine zähe, weiße Flüssigkeit.

Langsam ging er weiter und trat auf die hellen Rauchschwaden, die unter seinen Schuhen wolkig auseinanderstoben und sich hinter ihm wieder zu einer undurchdringlichen Wand schlossen.

Der Revolver wies zum Roten Fels, der sich vor Jahrtausenden vom Festlandsockel gelöst hatte und nun voll schräggestreifter, geologischer Ablagerungen im Meer stand. Dort hatte man in den dreißiger Jahren Deichmauern gebaut, die vor Wellen, Verwitterung und all dem schützen sollten, das die See allem antat, was sie berührte.

Als Will über den Zaun stieg, der den baufällig und brüchig gewordenen Weg absperrte, sah er das Seil, das an eine Sitzbank geknotet war. Es war ein Nylonseil, wie man es in jedem Sportgeschäft kaufen konnte, und es war gespannt.

Er spurtete los, aber erreichte es zu spät.

Frei und lose schwang das Tau herum.

Wer auch immer sich daran herabgelassen hatte, er war unten angekommen.

Und dann sah er die Frau. Es war eine kleine Gestalt, die am Fuß der langen Anna auf die Mauern zulief, die die Brecher vom Fundament der Insel fernhielten.

»Tina!« brüllte er gegen den Wind, der ihn hart anblies. »Bleiben Sie stehen!«

Die Figur unter ihm hielt im Laufen inne. Sie sah hoch und blinzelte in die Wolken.

»Eppstein!« stöhnte sie. »Du verfluchtes Aas.«

Dann hob sie ihre Hand.

Ein schwarzer Gegenstand blinkte darin auf, und dann war ein Wölkchen zu sehen.

Will sprang zur Seite. Eine Kugel pfiff an seinem Kopf vorbei, gefolgt von weiteren scharfen Schüssen.

Tina Ivens – und er wußte, daß das nicht ihr richtiger Name sein konnte – war am Fuß der Mauer angelangt und war im Begriff, daran hochzuklettern.

»Bleiben Sie stehen!« rief er noch einmal.

Wieder drehte sich die Frau um und feuerte. Ein Schuß traf die Bank mit dem Knoten, der das Seil festhielt.

Will griff nach seinem Revolver, hielt den Atem an und zielte.

Dann bewegte er unmerklich den Finger.

Und schoß.

Die Kugel traf Tina Ivens in den Rücken wie eine Nudelrolle. Sie bekam keine Luft mehr und fühlte, wie ihre Rippen knackten.

Sie drehte sich rasch um, doch dort, wo gerade noch die Lange Anna gestanden hatte, schien es mit einem Mal Nacht zu werden. Um sie herum wurde es dunkler; sie wollte noch etwas sagen, doch nur hilfloses Gebrabbel drang über ihre Lippen.

Verwundert blickte sie an sich herab und sah auf das Loch, das in ihrem Brustkorb prangte, wo die Kugel wieder ausgetreten war.

Ein nicht enden wollender Strom Blutes quoll daraus hervor und färbte ihre Bluse rot.

Sie murmelte etwas Unverständliches, sackte in sich zusammen und blieb leblos auf der Mauer liegen; kaum zwanzig Meter von einer weißen Motoryacht entfernt, die im schillernden Licht der aufgehenden Sonne auf dem Wasser schwamm.

DER ZORN DAVIDS

Am Nachmittag standen wir am Flughafen und schauten uns zufrieden um. Der Schnee war fast geschmolzen, und aus einem wolkenlosen Himmel schien die kalte Wintersonne.

Es war November, und der Wind knabberte mit Eisfingern an uns herum, zog Rippenmuster über die Pfützen und zerrte am rotweißgestreiften Windsack neben der Rollbahn; doch alles sah plötzlich sehr lieblich aus, wie immer, wenn man wegfuhr.

Im Hintergrund öffnete sich eine Tür.

Maritta kam auf Krücken aus dem Flughafengebäude gehumpelt; Will ging ihr entgegen, nahm ihr die schwere Tasche ab und begleitete sie bis zur Rollbahn.

»Hier ist was für Sie!« rief sie mir zu, blickte sich um und drückte mir rasch einen Zettel in die Hand. »Das Rezept, Max.«

Ich öffnete das Papier und las, was sie in ihrer breiten Handschrift dort geschrieben hatte. »0,3 l Eiergrog macht man so: Ein Eigelb und einen Eßlöffel Zucker mit heißem Wasser bedecken und dreißig Sekunden lang gemeinsam zusammen schlagen. Dann genauso lange stehen lassen. 4 cl Rum (40%) und 4 cl Arrak (40%) dazugießen, mit heißem Wasser auffüllen. Guten Appetit!«

Auch der Pfarrer verließ die Insel, doch er hielt sich

fern von uns. Ich sah, wie er mit traurigem Gesicht eine schmale Reisetasche im Gepäckraum der DeHavilland verstaute, die mit ausgebreiteten Flügeln auf dem Rollfeld stand und sich auf Gummireifen stützte.

Seine Aufgabe war erfüllt; er hatte es versucht, und er hatte verloren.

Er wandte sich ab und starrte mit nassen Augen auf das Land hinaus, das einst seine Heimat gewesen war; auf Helgoland hinter den Wellen, das nun durch einen Kilometer offene See von ihm getrennt war.

Zwei Tage später würde hier ein Mann landen und nach Ivens suchen; nach einem Helden, den er schützen sollte. Aber er würde zu spät kommen; auch Israel war nicht immer schnell genug.

Frank Rupa und Vognant, die als Jammerlappen verarztet und von einer resoluten Oberschwester mit dicken Verbänden versehen worden waren, waren mit Aufräumarbeiten beschäftigt und wollten später mit dem Schiff zurückkommen, um auch mal eine Butterfahrt erlebt zu haben; der grimmige Hauptkommissar hatte sich ein wenig verändert und war kleinlauter als sonst.

Aber es sollte nur eine Frage von Stunden sein, bis sich auch dies wieder legte, denn ich hatte ihm in einem verschlossenen Umschlag meine Rechnung zugesteckt.

Will blickte neben mir aufs Meer hinaus und auf die Wellen, die Wasser und Schaum an die Badedüne trieben und sich im Winde wiegten. Wir redeten kein Wort miteinander, sondern sahen nur stumm geradeaus.

Dann wandte ich ihm mein Gesicht zu.

»Vor hundert Jahren waren Düne und Insel miteinander verbunden. Man konnte zu Fuß rübergehen. Aber dann wurde der Kalkstein abgebaut, aus dem die Landbrücke bestand. Eine Sturmflut hat schließlich alles weggespült.«

»Wer war denn so bekloppt, die Landverbindung zu kappen?« fragte Will.

»Die Helgoländer natürlich.«

»Selbst schuld. Sollen sich nicht wundern, wenn ihnen die Gegend unterm Arsch wegkippt.«

Wir schwiegen eine Weile.

»Das war's also«, sagte ich schließlich. »Und dein Entschluß steht wirklich fest? Du kannst doch gar nicht kochen.«

»Noch nicht«, nickte er, ging zu Maritta und umfaßte ihre Taille. »Aber man kann's ja lernen! Max, das wird ein schönes Leben. Nie mehr Sturm und Bungalows. Von Camping hab ich jetzt genug.«

Noch eine Weile lang standen wir schweigend nebeneinander und sahen uns an.

»Du bist ein feiner Kerl, Max«, meinte er schließlich. »Sieh einfach zu, daß du so bleibst.«

Ich nickte. »Ich werde mein Möglichstes tun. Oder fällt dir was Besseres ein?«

Will grinste.

EPILOG

Will Eppstein machte ein Fischrestaurant in Frankfurt auf, das wegen der Ferne zum Meer aber mehr schlecht als recht lief. Als sich Liz, sein erstes Kind, ankündigte, gab er das Geschäft auf und kehrte in den Polizeidienst zurück.

Vognant und Frank Rupa blieben im Amt. Vognant ist mittlerweile Oberstaatsanwalt, und Rupa leitet seit drei Jahren die Fahrradstaffel im ostdeutschen Hoyerswerda. Batschik wurde bald nach diesem November pensioniert und ein dicker, gemütlicher Pensionsbesitzer, der bis heute den Touristen auf Helgoland das Fell über die Ohren zieht.

Jupp Jacobs verließ Ceylon vier Tage nach meinem Anruf. Sein weiterer Aufenthaltsort ist unbekannt.

Klaus-Jürgen, um dessentwillen alles geschehen war, wurde in Offenbach begraben. Begonien und Strauchwerk schmücken heute sein Grab, an dessen Kopf ein schlichtes Holzkreuz steht.

René Johnson kam als Straßenjunge in Brasilien wieder auf die Welt, wurde von einem Schweizer Ehepaar adoptiert und wieder zurückgegeben, weil er nicht stubenrein war.

Waldemar Jastremski lebt als dreijähriges Mädchen bei einer amerikanischen Familie und hat ein erstaunliches Talent für Musik.

Carl David Ivens, der als verdeckter Agent des Mossad

einen Bus mit zwanzig Terroristen in die Luft gesprengt hatte, wurde immer wieder als flauschiges Küken wiedergeboren und endete hundertmal nacheinander als Brathähnchen im Wienerwald.

Tina Ivens sitzt zur Strafe bis heute in einem bayerischen Gefängnis.